원더 시티

차례

1장. 커피 타임 5p

2장. 엉망 19p

3장. 고스트 인 원더랜드 43p

4장. 댄스댄스댄스! 75p

5장. 언더그라운드 103p

6장. 절대검 121p

7장. 끝과 시작 155p

8장. 변화 167p

작가의 말 178p

1장. 커피 타임

어둠 속, 핸드폰 알람 소리가 끈질기게 들린다.
 침대에 혼자 누워있는 잔디. 뜬 눈으로 방 천장을 응시하는 중이다.

'난... 왜 살지?...'

 잠을 잤는데도 지독하게 피곤한 상태.
 며칠 전부터 계속 이런다...
 마침내 핸드폰 알람이 끝나면, 그제야 기계적인 동작으로 몸을 일으킨다.

"악!"

 양파를 썰다 손을 베었다.
 약간의 시간차를 두고, 손가락에서 흥건히 피가 나기 시작한다.
 살림은 실전이다. 실수하면 이렇게 곧바로 대가가 따른다. 그런데 난, 누굴 위해 이 전쟁을 하는 걸까?...
 또 멍해지는 잔디. 상처에서 아릿하면서도 뜨거운 느낌이 서서히 몸쪽으로 퍼지기 시작한다.
 삐이이- 신호음 소리에 정신을 차리면, 끓어 넘친 물로 가스 불이 꺼져있다.
 베인 곳에 밴드를 감고 하던일을 계속하는 잔디.
 펄펄 끓는 찌개의 간을 보고, 냉장고에서 반찬을 꺼내고,

갓 지은 밥을 퍼서 아침상을 완성한다.
"수민아~ 밥 먹어!"
방 쪽을 향해 부르면, 대답이 없다.
한숨을 쉬는 잔디. 수민의 방으로 간다.

먹기 싫은 듯 억지로 밥을 먹고 있는 수민. 그 맞은 편으로 잔디가 앉아있다.
계속 쳐다보고 있으니까, 이제 일부러 보라는 듯 음식을 짓이기기 시작한다.
원더시티를 못하게 했더니 저런다. 못된 놈.
수민은 올해로 13살. 초등학교 6학년이 됐다. 원더시티에 빠진 후부턴 아예 말을 안 듣는다. 내가 널 어떻게 키웠는데... 나에겐 원더시티가 아니라 원망시티다.
"정말 계속 그럴 거야?"
수민이 대답하지 않는다.
"됐으니까 그만하고 가. 내일부턴 니가 찾아 먹어. 알았어?"
말없이 일어나서 방으로 들어가 버리는 수민.
잔디, 감정을 억누르듯 눈을 질끈 감는다.

식기세척기에 설거지를 채우는 잔디. 다 채운 후 작동 버튼을 누르면, 꿈쩍도 하지 않는다.
'제발~ 너마저 이러면 안 돼... 부탁이야, 제발~'
몇 번을 눌러도 반응이 없는 식기세척기. 결국 포기한 잔디. 고무장갑을 찾아서 한 짝씩 힘겹게 손을 끼워 넣는다.

주민센터 에어로빅실.
 헐레벌떡 뛰어온 잔디. 가까스로 수업 시간에 늦지 않았는데... 유리문이 굳게 잠겨있다. 왜 이래?

    '김잔디 선생님. 사무실로 오세요'

 문 위에 썰렁하게 붙어있는 메모를 본 잔디의 표정이 황당하다.
 '뭐지 이건? 설마...'

 주민센터 카페.
 테이블에 둘러앉은 타이츠 차림의 어머님 둘과 잔디.
 에어로빅 교실의 마지막 두 회원이었던 이들과의 예정에 없던 뒤풀이 자리다.
 뻘쭘한 분위기. 다들 말없이 앞에 놓인 아이스 커피만 들이켠다.
 "폐강이 웬 말이에요 선생님~ 안된다고 민원이라도 넣어볼까 봐요~"
 갑자기 큰 소리로 말을 시작하는 어머님2. 잔디는 축 처진 채로 커피잔만 바라볼 뿐이다.
 "요즘 밖에서 운동하는 사람들이 없으니까 그렇죠 뭐. 다들 홈 트레이닝하잖아요? 저희도 이번에 홈 트..."
 말을 받아 이어가던 어머님1의 입을 어머님2의 손이 황급하게 틀어막는다.

"어디, 가실 곳은 정하셨어요?"

 얼굴에 애써 미소를 띠며 말하는 어머님2.

 "...정 안되면 택배 일이라도 하려고요. 거기는 항상 사람을 구한다고..."

 마침내 입을 뗀 잔디. 커피를 마시던 어머님1이 사레들려 캑캑댄다.

 "아드님이 초등학생이시라고요~ 아유, 힘드시겠네요~"

 어머님2가 끈질긴 표정관리를 하며 계속 대화를 이어간다.

 "게임을 못하게 게임기를 뺏었더니, 학교에서 게임 아이템을 팔더라고요~ 그것 때문에 학교도 옮기고..."

 말하던 잔디. 속이 타는 듯, 앞에 놓인 커피를 들이켠다.

 "학교 옮기면 뭐 해요? 내가 봤을 때, 걔는 이제 백프로 게임방 간다."

 또 자기 말을 막으려는 어머님2의 손을 쳐내는 어머님1.

 "저는요, 아예 집에서 애들이랑 같이해요. 선생님도 이참에 원더시티 한번 해 보세요? 갱년기 우울증에도 좋~데요. 하하하~"

 "맞다, 선생님 게임 회사에서 일해보시는 건 어떠세요? 고객센터에선 오히려 어머님들을 선호한다는 얘기를 들었어요."

 어머님2도 이제는 맞장구를 치며 생각을 보탠다.

 "원더시티가요?"

 솔깃해져 쳐다보는 잔디.

 "원더시티가 제일 크고요, 다른 곳도 대부분 그렇다고 들었어요."
이어지는 어머님1과 2의 합동 설명을 듣는 잔디.
아무리 그래도 원망시티에서 일할 순 없을 텐데, 앞으로 생활비 벌 길이 막막하다.
잔디, 점점 표정이 어두워진다.

*

아파트 거실 풍경.
소파와 테이블, 장식장, TV가 놓인 전형적인 모습.
잔디가 창가 쪽에 서서 통화중이다.
"...집을 뺀다고요? 계약기간 아직 많이 남았는데?"
수화기 너머로 부동산 중개인의 목소리가 묻는다.
"그렇게 됐네요. 죄송합니다."
일이 이 지경이 된 이유는, 도망간 남편, 현수 때문이다.
지가 다 책임진다더니, 책임진 재산 날려 먹고 토꼈다.

"아니 죄송할 건 아니고요, 알겠습니다. 계약자분... 허현수 씨 본인이 신분증 갖고 오세요."
"남편이 잠깐 다른 데 있어서요. 제가 대신 하면 안 될까요?"
"없어요. 계약자분 본인이 직접 오셔야 해요."
"저희가 지금 생활비가 없는 상황이라서요... 어떻게 좀 안

될까요?"
 "생활비는 남편분하고 얘기하시고요, 월세 못 내신 건 계약 만료 시까지 보증금에서 빠집니다."
 통화는 거기서 끝난다.

                 "아아악!!!~"

 울화가 치밀어 제자리에서 비명을 지르는 잔디. 진정되면, 다시 핸드폰 통화버튼을 누른다.
 전부 발신된 번호밖에 없는 모습. 대부분이 같은 번호다.
 걸리자마자 나오는 '전화기가 꺼져있어~' 멘트 소리.
 이어지는 '삐~' 신호음이 들린다.

 "현수야, 이제... 집을 빼야 하는데, 계약 명의자 본인이 있어야 한단다. 지금까지 너 욕했던 거 미안해. 니가 해먹은 돈. 말도 없이 사라진 거. 다 용서할 테니까, 제발... 메시지 듣는 대로 연락만 줘."
 전화를 끊는 잔디. 창밖을 바라본다.
 꼭대기 층에서 보이는 아파트단지 풍경. 탁한 공기 때문에 온통 잿빛이다. 우울하다...
 '...안돼! 힘내야 돼. 일단 여기서 나가자. 나가서... 그래. 나에겐 안식처가 있어. 안식처로 가자. 넌 할 수 있어!...'
 애써 스스로에게 외치는 잔디. 소파에 던져져 있던 핸드백을 챙겨 집 밖으로 나간다.

카페에 들어선 잔디.
 휑~한 카페 안. 잔디가 항상 앉는 창가 쪽 첫 번째 자리에만 이미 사람이 앉아있다.
 모든 것에게서 떨어진 채로, 창밖의 풍경으로 빠져들 수 있는 호젓한 자리인데...
 어쩔 수 없다. 그 근처에 자리를 잡는다.
 주문한 에스프레소를 받아와 한 모금 마시는 잔디.
 난데없는 한풀이가 들려온다. 자기 자리를 차지한 사람이 핸드폰을 꺼내 들고 통화 중이다.
 끝없이 이어지는 누군가에 대한 원한의 소리.
 잔디, 더 이상 못 참고 밖으로 뛰쳐나간다.

 대로변을 걸어가던 잔디. 눈을 질끈 감은 채로 길 한복판에 갑자기 멈춰선다. 잔디를 무심히 지나쳐가는 사람들.

 '더 이상 아무것도 못 할 것 같아. 내가 눈을 뜨는 순간, 이 모든 게 끝나 있었으면!'

 감았던 눈을 서서히 뜨는 잔디. 모든 건 변함 없이 그대로인데... 잔디의 시선이 닿은 곳에 정신과 간판이 보인다.

 정신과 진료실.
 책상 너머 의사가 잔디가 작성한 사전 질문지를 보고 있다.
 아까부터 한쪽 벽에걸린 그림에 자꾸 시선이 가는 잔디.

혼란에 휩싸여 타오르는 듯한 느낌의 그림. 에드바르트 뭉크의 모사화다.
 어쩐지 살아있는 듯 생생한 그림이 진료실 전체에 묘한 긴장감을 만들고 있다.
 "아이가 말을 안 한 지 일주일째라고요."
 멀어져 가던 잔디의 정신을 탁 때리듯 끌어당기는 의사의 말.
 "네."
 "최근에 아이가 큰 충격받을 일이 있었나요? 아끼는 물건을 잃어버렸다거나, 심한 말을 들었다거나, 그런 거요."
 "그게... 애 게임기를 버렸어요."

 며칠 전 아침, 아파트 분리수거장.
 터지기 직전의 쓰레기 봉지를 컨테이너에 던져넣는 잔디. 뒤 쪽에 선 수민이 넋이 나간 얼굴로 이 광경을 보고 있다.
 봉지에 담긴 건, 성인 머리통만 한 헬멧 같은 물건. 수민의 원더시티 게임기다.
 "차비... 이천 원이면 되지?"
 잔디가 건네는 돈을 받지 않는 수민. 완전히 정신이 나갔다. 할 수 없이 수민의 교복 주머니에 쑤셔 넣는다.
 "전학 첫날부터 늦을래? 가, 빨리."
 계속 말없이 서 있는 수민. 잔디가 목소리에 힘을 준다.
 "그러게 누가 학교에서 게임 아이템을 팔고 다니래~ 넌 이제 대학 갈 때까지 게임할 생각하지 마!"
 똑바로 하라는 듯, 수민을 탁 떠미는 잔디. 수민이 비틀비틀 길을 걸어간다.

 다시 현재.
 수민과의 일을 떠올리며, 멍한 표정으로 의사의 입을 쳐다보고 있는 잔디. 뭔가를 웅얼웅얼 설명 중인데, 전혀 내용을 모르겠다.
 "어머님~ 듣고 계세요?"
 "네? 네..."
 "하... 중요한 내용이니까, 다시 말씀드릴게요."
 다행이다. 자세를 바로잡는 잔디. 귀를 기울인다.
 "먼저 아이가 좋아하는 주제로 대화를 시도하세요. 게임이라면 게임에 대해서요. 그다음에 그 주제로 아이에게 도움을 요청해 보세요. 그럼, 아이는 마음을 열 겁니다."
 "그게 다예요?"
 "네."
 모든 할 일을 끝마친 듯, 양손을 모은 채 잔디를 바라보는 의사.
 잔디가 꾸벅 인사하고 자리를 일어선다.
 이렇게 단순한 걸 왜 몰랐을까? 여기 오길 잘했다.
 뭔가 명쾌한 해답을 얻어낸 기분이다.

*

저녁 식탁.
 잔디 앞에서 수민이 억지로 밥을 먹고있다.
 '의사 선생님 말씀대로 해보는 거야. 진심은 통한다고 했으니까. 진심을 담아서.'
 수민을 바라보며 주문을 외듯 되뇌는 잔디.

 "원더시티 말인데, 엄마가 그동안 잘못 생각했던 것 같아."
 마침내 잔디가 말을 꺼낸다.
 긴장하는 수민. 못 들은 척, 잔디의 말에 귀를 기울이고있다. 좋은 신호다. 이제 그 주제에 대해서 도움을 요청하면 된다. 잔디 넌 할 수 있어...
 "엄마가 가르치는 학생들이 원더시티에서 홈 트레이닝을 한다더라? 엄마도 직접 보고 확인할게 생겨서 그런데... 밥 먹고나서 엄마랑 같이 게임방 좀 가줄래?"
 말이 끝나자마자, 콧방귀를 끼는 수민. 그대로 일어서 방으로 들어가 버린다.
 '아니 저런, 버르장머리없는...'
 쫓아가서 수민을 혼내려는 자신을 겨우 참아내는 잔디. 이로써 전문가의 도움도 소용없는 걸로 판명 났다.

 잔디의 방.
 책상에 앉아 노트북 화면을 응시하는 잔디.
 〈원더시티 TVCF〉라는 제목의 인터넷 광고를 보고 있다. 원더시티의 광고다.
 다이나믹한 락 음악과 함께 다채로운 게임 속 장면들이 흐른다.
 아바타들의 운동하고, 요리를 배우고, 전투하는 모습들.
 음악이 끝날 때쯤, 장검을 든 한 아바타와 함께 큼지막한 원더시티 로고가 나오며 광고가 끝난다.
 몇 번을 돌려봤지만, 역시 마음에 들지 않는다. 뭐랄까, 너무 다이나믹하다.
 광고만 봐도 벌써 피로가 몰려오는 이런 걸 어떻게...
 한숨 쉬며 영상을 끄는 잔디. 가려져 있던, 작업 중이던 듯한 파일이 보인다.
 〈원더시티 민원 처리반 지원서〉의 제목 아래, 모든 항목을 다 채워 넣은 문서의 모습.
 완성된 서류를 한 번 더 찬찬히 살피는 잔디.
 마지막으로 화면의 입사취소 버튼과 입사지원 버튼만 남겨둔다.
 '현실을 생각하자 잔디야. 지금 당장 뭐라도 해야 한다. 수민이를 위해서... 아니다. 이건 날 위해 하는 거다. 에스프레소 한 잔의 여유를 위해서다!'
 결심한 잔디. 마침내 입사지원 버튼을 누른다.

2장. 엉망

원더시티 게임 속.

다세대 주택가를 배경으로 두 아바타가 마주 서 있다.

양복 차림 아바타가 잔디의 직장 상사, 오실장. 청바지에 티셔츠 차림 아바타는 민원 처리반 직원인 잔디다.

잔디의 아바타처럼, 저 상사의 모습도 본인일 것이다. 근무 원칙에 '모든 원더시티 직원은 자기 실물 모습과 같은 아바타를 사용한다'고 되어있다.

현실의 주택가 거리에서 동네 자원봉사자와, 구청 청소과 담당자가 마주 서 있는 것 같은 모습이다.

"한 시간 지났는데, 몇 개 하셨어요?"
"요새 애들이 순순하질 않아요~ 잘 타일러 가면서 하려면요..."

원더시티에서 사용되는 모든 목소리는 실제 본인의 목소리인데, 어째 분위기가 심상치 않다. 잔디가 주눅이 들어 대답한다.

원더시티의 민원 처리반에서 관리자 노릇을 한 지 벌써 한 달이 지났다.

오늘도 9시에 로그인해서 업무를 하는 중인데, 갑자기 눈앞에 이 상사라는 사람이 나타났다.

지난 한 달간 하는 걸 지켜봤다고 한다.

"몇 개 하셨냐고요."
"여섯 개요..."
"저기요, 선생님. 게임에서 관리자가 명령어로 못할 게 뭐가 있나요? 한 개에 오 분이면 끝날 일인데, 인간적으로 한 시간에 열 개는 해야 하잖아요~ 그러면서 칼퇴근하고... 이제 그만 하세요."

"네?"

"그만두시라고요."

 올 것이 왔다. 적성에 안 맞는 일을 억지로라도 해왔는데, 이제 굶게 생겼다.

 어떻게든 버텨내야 한다. 무조건이다.

 "저 여기 사회적 취약계층 지원프로그램으로 들어왔어요. 이 년간 고용유지 조건일 텐데?"

 머릿속에 갑자기 계시처럼 떠오른 말을 쏘아대는 잔디. 이런 걸 본 기억이 없는데도 말이다.

 "계약서 제대로 안 봤죠? 잘 보면, 언제든지 선생님 자를 수 있어요. 말 나온 김에 여기까지로 할게요."

 "야! 너 거기 어디야!"

 참고는 못사는 잔디가 소리친다.

 "뭐, 찾아오게? 당신이 죽었다 깨도 우리가 만날 일은 없어요~"

 더 할 말을 못찾고 노려보기만 하는 잔디. 당연히 저분이 자르면, 찍소리 못하고 모든 건 끝날 것이다. 다른 곳도 아니고 이 원더시티라면 더더욱.

 지난 한 달간. 민원 처리반에서 일하며 목격한 이 동네의 문제해결 방식은, 해결이라기보다... 박멸에 가깝다.

 한 번 찍히면 끝장이다.

"현실은 게임같고, 게임은 현실같고. 잘 구분이 안 되죠? 이력서 보니까... 초등학생 아들이 있고, 남편이 피시방을 말아먹고 도망가서 월세를... 아니, 어떻게 애까지 있는 사람이 애들을 못 다뤄요?"
"저기, 부탁인데요. 애 얘긴 하지 말아주세요."
잔디의 말에 피식 웃는 오실장. 비웃음이지만 드러내 보인 인간미. 그나마 인간은 인간인 거다. 잔디가 업무중에 거의 대부분의 시간을 함께 하는 업무지원 봇은, 피가 아닌 차가운 전기가 흐르는, 인공지능이다.

"...김잔디 씨. 마지막 기회를 드릴게요."
오실장의 말과 동시에 잔디의 시선 아래쪽으로 시간 표시가 나타나 고정된다.

'2029. 5. 4. 10:05 am'

시계를 꺼내놓은 것뿐인데, 무슨 시한폭탄 설정 같다.
"열두 시까지. 두 시간, 이십 개에요."
말을 마친 오실장. 아바타가 화면에서 '뿅' 사라진다.
살았다. 그리고 뭐가 어쨌든, 아직 잘리지도 않았다.

"정신 차리자. 일단 하는 거야. 업무 계속합니다!"
잔디의 음성 명령이 떨어지면, 눈앞에 나타나는 지도창.
'민둥이42'로 표시된, 현재 잔디의 위치와 목적지를 향한 경로 표시가 보인다.

업무지원 봇이 단조로운 소리로 할 일을 알린다.

"7번째 민원입니다. 민원 026532.
스토킹. 아이디, '열정'.
위험도, 보통. 계정 삭제.
앞으로 19개 남았습니다. 힘내세요."

 허름한 빌라의 입구로 들어가는 잔디.
 계단을 오르고... 지도 위, 점점 가까워지는 열정과 민둥이 42의 표시.
 404호 문 앞에서 멈춘 잔디. 문이 잠긴 것을 확인한다.
 잠시 손잡이를 잡고 있으면, 입력창에 자동으로 입력되는 명령어. 곧이어, 문이 '탁'하고 열린다.
 잔디의 생각을 읽은 게임 시스템이 자동으로 문제를 처리하는 관리자 전용 기능. 잔디가 발산하는 무언의 뇌파를 읽은 인공지능이 행동까지 해내는, 경이로운 시스템인데... 기계에 뇌를 먹힌 것 같은 기분이 든다.
 기분 더럽다는 듯, 찡그리는 잔디. 집 안으로 경계하며 들어간다.

 거실로 향하는 통로에 온통 사진이 붙어있는 모습.
 다양한 장소와 상황에서 찍힌 어느 한 아바타의 사진이다.
 어디선가 본 듯한 모습. 원더시티 광고영상에 나온 아바타다.
 '...스토킹이라면, 이 아바타를 스토킹하는 걸까? 게임에서

도 스토킹이 가능한 건가?'
 거실까지 와보면, 텅 비어있다.
 한가운데 웬 두상이 하나 놓여있는데... 사진과 같은 아바타의 것이다. 비로소 소름이끼쳐 몸을 움츠리는 잔디.
 지도를 보면, 표시된 열정의 위치에 도착했는데...
 문득 위쪽으로 시선을 올리면, 천장에 붙어있던 열정이 잔디를 향해 뛰어내린다!

 공격이 닿기 직전, 관리자 기능으로 열정을 붙잡는 잔디.
 발악하는 열정을 선택하고, 계정삭제 버튼을 누르지만, 갑자기 작동이 제대로 되지 않는다.
 심지어 결박에서 풀려난 열정. 손에 쥔 조각칼을 치켜들고 미친 듯이 달려드는데...
 비명을 지르면서도 계속 삭제 버튼을 누르는 잔디.
 눈 바로 앞에서 아슬아슬하게 열정이 사라진다.

'민원 026532 처리완료'

나타났다가 사라지는 업무용 메시지.
잔디가 제자리에 멈춰선 채 가쁜 숨을 진정시킨다.

"오류 보고합니다. 시스템에 뭔가 문제가 있는 것 같아요. 방금 관리자 명령이 안 먹혔습니다."

"현재 시스템은 아무 이상 없습니다."

업무지원 봇의 짤막한 대답이 돌아온다. 하필이면 오늘 이런 오류가 생기다니... 불안하지만, 지금 시간이 없다.
 다음 민원으로 넘어가는 잔디. 업무지원 봇의 설명을 들으며 장소를 이동한다.

 8번째 민원. 창고 안.
 즐비한 슈퍼카들 사이, 힙합 스타일 아바타 '람보르99'에게 화염방사기 공격을 당하는 잔디. 불길에 휩싸이고...

 9번째 민원. 시내 중심가.
 거대한 이벤트 미션 로봇의 공격을 피해 도망 다니는 잔디. 고장 나 멈추지 않는 로봇에게 진땀 나는 삭제 시도를 하지만, 번번이 빗나간다.

 10번째 민원. 헬스장.
 홈 트레이닝 수업이 진행 중인 모습. 잔디가 한쪽에서 레깅스 차림의 아바타에게 폭언을 듣는다. 말을 끊을 포인트를 잡으려 애쓰지만, 상대가 말을 끊지 않는다.

 11번째 민원. 물속.
 물속으로 달아나는 개를 쫓아가 붙잡아야 한다...
 간신히 붙잡지만, 산소가 없다는 경고표시 끝에 강제 로그아웃을 당하는 잔디. 어둠 속, 게임 헬멧을 쓴 채로 페널티 타임을 기다리고... 60초가 지나면 화면이 재부팅된다.

첫 로그인 화면부터 다시 시작한다.

12번째 민원. 대로변의 추격전.
약올리며 달아나는 절도 용의자를 쫓아가는 잔디. 붙잡는 줄 알았는데, 갑자기 튀어나온 패거리들에 둘러싸여 몰매를 맞는다. 반드시 용의자를 붙잡아서 일을 마쳐야 한다.
잔디, 이를 악물고 한 놈씩 처리하기 시작한다.

아파트 복도를 비틀비틀 걸어가는 잔디. 이제 체력이 거의 바닥이다.

> "13번째 민원입니다. 민원 136532.
> 아이템 절도. 아이디, '루팡13'.
> 위험도, 확인 불가.
> 아이템 회수, 계정 삭제.
> 앞으로 13개 남았습니다. 힘내세요."

업무지원 봇의 단조로운 소리. 한 시간을 미친 듯이 했는데도 또 똑같이 6개를 했다.
점점 희망이 사라지고 있다.
루팡13의 위치 근처에 도착하면, 어느 집 문 앞이다.

> '위험도: 확인불가'

잔디의 시선에 경고문구가 나타나 번쩍인다.

표시를 선택하면, 루팡13이 소지한 복어 모양 아이템의 모습. '폭발물'이란 설명이 붙어있다.
 보호막 아이템을 사용하는 잔디. 문을 열고 들어간다.

 줄지어 늘어선 선반 위, 각종 아이템이 쌓여있는 모습.
 화살표가 나타나 아이템들을 훑고 지나가면, 떠오르는 이름과 정보들. 이들이 전부 훔친 것이라는 걸 말해준다.
 선반들 사이에 뒤돌아선 상태의 루팡13이 보인다.
 아이템 정리 중인 모양이다.
 잔디의 시선 위로 나타나 깜빡이기 시작하는 '녹화 중' 표시. 그대로 루팡13에게 다가가 뒷덜미를 붙잡는다.

 "깜짝이야, 뭐야!"
 "지금 우리의 화면은 녹화되고 있고, 폭언, 욕설 시 법적 처벌을 받을 수 있다."
 잔디가 주위의 모든 아이템을 선택하면, 순간 모든 아이템들이 번쩍거리며 빛나기 시작한다.
 "회수합니다."
 명령이 떨어지자마자, '뿅' 하고 사라지는 아이템들.
 지켜보던 루팡13이 비명을 지른다.
 텅 빈 공간 위로 '계정삭제 명령을 실행하시겠습니까?'라고 깜빡이는 메시지를 잠시 바라보는 잔디.

 '내 자식이라고 생각해야지...'

'탁경민, 13세, 경기도 화성시 동방기흥로 123번길'

삭제 대신, 루팡13의 개인정보 창을 불러냈다.

"이름이 뭐야?"
"잘못했어요. 한 번만 봐주세요..."
"괜찮으니까, 말해~"
 루팡13의 직전 24시간 기록 영상을 확인하기 시작하는 잔디. 원더시티에서는, 게이머들의 모든 행위가 플레이시점 기준, 24시간 분량까지 자동 기록된다. 메타버스 세계에서 발생할지 모를 여러 상황들을 대비한 증거기록용 장치다. 대부분의 게이머들은 이 사실에 대해 모른다.
 타임라인을 빠르게 건너뛰던 잔디. 빙고! 마침내 루팡13이 아이템을 훔치는 장면을 찾아낸다.

"김... 똥개요?"
"나이랑 사는 곳."
"나한테 명령하지 마!!!"
 루팡13이 소리치며 바닥에 투척한 건, 복어모양의 물체. 들어오기 전 확인했던 그 폭탄이다.
 순식간에 부풀어 펑! 터지는 복어폭탄.
 빛과 충격파가 휩쓸고 지나가면... 멀쩡한 상태로 남아있는 잔디. 미리 보호막을 써서 자신과 루팡13을 방어했다.

"너, 관리자한테 폭탄을 터트리는게 무슨짓인 줄 아니?"

루팡13이 대답하지 않는다.
 "탁경민. 열세 살이고, 동방기흥로 123번길. 너네 집으로 경찰 아저씨들 부를까?"
 훌쩍이기 시작하는 루팡13. 역시, 아직 어린애다.
 "폭탄 어디서 났어? 어디서, 누가 줬는지 사실대로 말하면, 폭탄은 없던 걸로 해줄게."
 "당구장 형들 한테서요... 중앙 상업지역 7지구..."
 눈앞에 떠오르는 메시지 전송창의 모습. 루팡13에 대한 잔디의 서술내용이 입력되더니,
 수신자에 '경찰청 사이버수사대'가 입력되고 전송된다.

 "니가 훔친 아이템 주인 찾아서 전부 다 용서받아야 해. 부모님 한테도 사실대로 얘기하고."
 모든 조치를 끝내고 차분한 목소리로 말하는 잔디. 이러면 루팡13은 자신이 저지른 일에 걸맞는 대가를 치를 것이다. 삭제하고 끝낸다면 절대 불가능한 일.
 문제를 일으킨 게이머들에게 자신을 되돌아 볼 기회를 주는 것. 일을 벌여놓고 떠난 상대를 다시 초대한다. 게임에서 벌어진 일을 진지하게 받아들이는 관점의 세계로...
 잔디가 관리자42로서 애써 실천하고있는 자신만의 원칙이다.
 중학교 체육교사 출신인 잔디가 가진 일종의 직업병 같은 사고방식일지도 모르지만, 판단이 선 이상 행동할 수 밖에 없다. 그게 잔디다.

"부모님한테는 말 안하면 안돼요?"
 루팡13이 훌쩍인다.
 "안돼. 나쁜 짓하면 어떻게 되는지, 이번에 확실히 배운다 생각해."
 잔디가 선택한 듯, 몸에서 빛이 나기 시작하는 루팡13. 삭제버튼을 누르면, 훌쩍이는 소리와 함께 루팡13이 사라진다.
 시간을 확인하는 잔디. 그 새 10분이 또 지났다...
 "다음 합니다."

> "14번째 민원입니다. 민원 183749.
> 아이템 사기. 아이디, 'asdf234'.
> 증거 확보. 경찰에 사건 인계.
> 앞으로 12개 남았습니다. 서두르세요."

"내가 형사야? 아니 무슨 민원이 계속 범죄야?"
 잔디가 갑자기 업무지원 봇과 대화를 시도한다.

> "잘 못 들었습니다.
> 명령어를 다시 말씀해 주세요."

"말도 지질이 안 들어 처먹는 새끼. 갖다 버릴수도 없고, 내가 누구때문에 이러고 사는데!!"
 더 이상 대화가 아닌 발악이다.

"잘 못 들었습니다.
　　명령어를 다시 말씀해 주세요."

말없이 선 잔디의 아바타. 건드리면 터질 것 같다.

　　'전화가 왔습니다.... 발신인 영재초등학교...'

 갑자기 나타나는 알림메시지. 수민의 학교에서 전화가 왔다.
 전화끊기 버튼과 로그아웃 버튼 사이에서 망설이는 화살표... 로그아웃 버튼이 눌린다.

 잔디의 방.
 게임 헬멧을 벗는 잔디. 책상 위, 계속 울려대는 핸드폰이 보인다.
 전화를 받으면, 수민의 담임이다.
 "어머 선생님, 안녕하세요~ 죄송해요~ 먼저 전화를 드렸어야 했는데~"
 "어머님. 학교에 오셔야 할 것 같습니다."
 학교에 오라니, 제발 수민이가 또 문제를 일으킨게 아니어야 할텐데...
 "어휴 당연히 가야죠~ 학교가 달라지니까 수민이가 훨씬 의젓해진 거 있죠? 다 선생님 덕분..."
 "어머님. 수민이가 반 아이들을 때렸어요."
 불안해서 빨라지던 잔디의 말을 담임이 끊는다.

"네?"
"쉬는시간에 수민이가 지우라는 아이랑 둘이서 갑자기 반 아이들한테 달려들었어요. 아무 이유도 없이요."
잔디. 굳은 표정으로 담임의 말에 귀를 기울인다.

*

학교 도서관.
교복을 입은 두 아이가 책장에 몸을 바짝 붙이고 서 있다.
건너편에 있는 사서의 동태를 살피는, 수민과 지우다.
깊숙한 구석을 향해 카트를 끌고가는 사서.
눈빛을 주고받는 수민과 지우, 살금살금 창문 쪽으로 간다.
소리죽여 창문을 여는 수민.
먼저 뛰어내리면, 밖은 1층 풀밭이다.
뒤따라 뛰어내리는 지우를 받아주고, 함께 뒷담을 향해 뛴다.

생각보다 높은 뒷담.
각자 주변을 살피며 흩어지는 둘.
어디선가 의자를 가져와서 딛고 올라... 담을 넘어간다!

동네 골목길을 정신없이 뛰어가는 수민과 지우.

마침내 숨을 고르기 위해 멈춰선다.
"지금이라도 돌아가도 돼. 난 괜찮으니까."
학교 쪽을 돌아보는 지우에게 수민이 말한다.
"싫어. 너랑 갈래."
결심했다는 듯, 단호하게 대답하는 지우.
"좋았어! 그럼 오늘은 내 비밀 장소를 알려줄게."
"그래!~"
둘이 다시 신나게 뛰어가기 시작한다.

원더시티 게임 안.
어딘가의 방 안에 들어서 있는 두 아바타.
핑크색 곱슬머리 소녀와 양갈래로 딴 빨간머리 소녀의 모습. 핑크색 머리가 수민, 빨간 머리가 지우다.

"어?! 어떻게 들어온 거야?"
지우가 어리둥절하다.
"아는 형이 해커야. 어떤 문이든 열 수 있게 만들어줬어."
자랑하듯 한쪽 손을 들어 보이며 말하는 수민.
두 소녀 아바타가 남자애 목소리로 대화 중이다. 원더시티에선 흔한 풍경이다.
"다 너꺼야~ 골라!"
옷가게처럼, 선반 위 종류별로 잘 정돈되어 놓여진 아이템의 모습.
먼저 나서서 돌아다니며 이것저것 착용하는 수민. 지우도 뒤따라 아이템을 착용해 보는데...

갑자기 방 한가운데 제3의 아바타가 나타난다.
"어?!"
수민과 지우의 모습에 놀라는 아바타.
"안녕!~"
수민이 잽싸게 깡통같은 아이템을 바닥에 던진다.
연막탄인듯, 순식간에 주위로 가득 피어나는 연기.
혼란스러운 사이, 수민이 지우를 끌고 밖으로 도망친다.

원더시티를 가로지르는 도로 위.
수민과 지우가 오토바이를 타고 질주 중이다.
요리조리 차들 사이를 지나며 속도감을 만끽한다!

게임 밖, 현실.
길이 꽉 막힌 채, 차들이 움직이질 않고 있다.
택시를 잡아타고 수민의 학교로 가는 중인 잔디. 초조한 듯 안절부절 못한다.
"사고가 났나~ 왜 이렇게 막혀?"
잔디의 눈치를 살피며 슬그머니 라디오를 켜는 택시기사.
기자의 급박한 목소리가 흘러나온다.

"...목격자 제보에 의하면, 오늘 12시를 기점으로 원더시티의 헬멧형 게임기에서 갑자기 폭발이 일어났다고 합니다. 현재 전국적으로 원더시티 게임방과 게임이 실행중이던 가정에서 동시다발적 폭발이 있었던 걸로 확인되고 있습니다. 경찰은 이 사건을 범죄집단에 의한 대규모 사이버 테러로 보고 수사를 진행중인데요. 이에 정부는 현재 긴급안보회의를 열고..."

 어리둥절한 표정으로 뉴스에 귀를 기울이는 택시기사. 듣던 잔디가 놀라 눈이 휘둥그레지고...
 잔디의 시선으로, 주변의 멈춰선 차에서 하나 둘 사람들이 내려 어디론가 뛰기 시작한다.
 핸드폰을 꺼내 인터넷을 살피면, 온통 테러에 관한 속보로 난리가 나 있다.
 "기사님. 여기서 내릴게요!"

 초등학교 정문 앞.
 잔디가 뜀박질을 멈추고 거친 숨을 고른다. 택시에서 내려 수민의 학교까지 남은 거리를 20분 가까이 뛰어왔다.
 텅 빈 운동장 너머 서 있는 학교. 어쩐지 인기척이 느껴지지 않는다.

 학교 도서관.
 책장 사이를 두리번 거리며 걸어가는 잔디. 막다른 곳에 다다르면, 아무도 없는 테이블과 그 너머 활짝 열려있는 창문이 보인다.
 발 밑에 굴러다니는 종이를 집어드는 잔디.
 '〈반성문〉'이란 제목만 써져있고, 내용은 없다.
 창문 쪽으로 다가가 밖을 살피면,
 건물 뒤쪽으로 난 담장의 모습. 의자 하나가 덩그러니 놓여겨있다. 누군가 딛고 넘어간 듯한데...
 담임과의 통화에서 수민이 도서관에서 벌을 받고있다고 들은 잔디. 반성문을 다 쓴 수민과 함께 담임에게 돌아가서 같이 상담 받는걸로 되어있는데, 수민이 학교 밖으로 도망친 것이다.
 이 사실을 담임이 알게되면, 일이 더 커질것이 분명하다. 안절부절 못하는 잔디. 망설인 끝에 담임에게 전화를 건다.

 "얘기좀 해보셨어요?"
 담임이 첫 마디에 진행상황을 묻는다.
 "네, 그게... 저..."
 "저희가 지금 재난시 대피 상황이라서, 아이들이 전부 강당에 모여있거든요. 오늘은 거기서 수민이 데리고 돌아가세요~"
 도저히 뭐라고 할 말이 없었는데, 담임이 의외의 말을 한다. 뭔가 가만히 있으면 안될 것 같은 말이다.
 "아니, 그럼 우리 수민이는요?"
 따지듯 묻는 잔디.
 "통화는 밖에 나가서 하세요."
 갑자기 들리는 소리에 보면, 팔짱을 낀 사서가 잔디를 노려보고 있다.
 잔디, 굽신거리며 도서관 밖으로 향하는데...
 "...아시겠죠? 더 하실말 없으시면 끊을게요."
 낭패다. 그 와중에 담임의 설명을 날려먹었다.

"잠깐만요 선생님! 혹시 지우 학생 어머님 연락처좀 알 수 있을까요?"
"왜 그러시죠?"
"앞으로 이런일이 안 생겨야죠~ 엄마들끼리 얘기해서 저희 애들, 단단히 가르치겠습니다."
 일단 지금 수민을 찾으려면 도움이 필요하다. 수민과 같이 있을 지우라는 아이의 엄마라면 적당하다.

 동네 상가 앞.
 폴리스라인이 쳐진 입구를 바라보고 선 잔디. 입구 옆에 서 있는 제복경찰이 잔디를 무표정하게 쳐다보고 있다.
 화재가 났던 듯, 사방이 온통 그을린 채 물에 푹 젖은 모습.

 자신도 학교에 불려왔다가 도망치는 애들을 봤다는 신영. 애들을 놓쳐서 근처의 원더시티 게임방에서 찾던 중, 테러가 터졌다고... 그 게임방으로 잔디를 오라고 했다.
 만약에 수민이가 게임방에 갔다면... 설마...

 시커먼 입구 안 쪽에서 폴리스라인을 들춰 밖으로 나오는 가죽재킷 차림의 여자.
 잔디를 알아본 듯, 날카로운 눈빛을 쏘며 다가온다.
 신영은 형사라고 했다.
"혹시, 수민이 어머님이세요?"
"지우 어머님? ...안녕하세요..."

어색한 인사를 나눈 신영과 잔디. 입구에서 떨어진 골목으로 간다.

"여긴 없어요."
 신영의 첫마디에 긴장으로 멈췄던 숨을 몰아쉬는 잔디. 신영이 굳어진 표정을 풀지 않는다.
 "지우가 연락도 안받고, 혹시 수민이 연락 돼요?"
 "핸드폰이 없어요. 게임 못하게 하면서 뺏었거든요."
 "수민이 게임하는거, 모르셨어요?"
 갑작스러운 말에 잔디가 신영의 얼굴만 쳐다본다. 수민을 전학 보낸지 한 달이 넘은 지금, 자신은 매일 원더시티로 출퇴근 하는 처지지만, 수민이 만큼은 게임에서 떼어냈다고 굳게 믿고 있었다.
 "한 달쯤 됐나? 지우가 수민이라는 친구가 생겼다고 하는데, 그러고 나서 애가 좀 이상한 거예요... 뭔가 숨기는 것 같고. 그래서 한 번은 지우를 따라가봤는데, 애들이 게임방으로 가더라고요. 애가 돈 달라는 말도 없었는데, 혹시 수민이한테 돈 주셨어요?"
 다리에 힘이 풀려 그자리에 주저앉는 잔디. 신영이 그 모습을 잠시 노려보기만 한다.
 "게임 들어가서 찾다가 못 찾아서 나왔는데... 조금만 더 했으면 저도 죽었어요."
 잔디를 부축해 일으켜주는 신영.
 "다른 데 갔을지도 모르잖아요? 일단 집에 들어가세요. 애들 찾으면 바로 연락드릴게요."

경찰 특유의 감정없는 어조로 말하며 잔디를 토닥인다.

*

 광장병원 합동 분향소.
 수천 개의 아바타 프로필 사진과 실제 인물사진이 뒤섞여 늘어선 모습. 원더시티 테러 희생자들의 영정사진이다.
 한쪽의 빈 자리를 찾아 액자를 놓는 신영과 잔디.
 수민과 지우의 사진.
 둘 다 생일파티때 찍은듯한 모습. 활짝 웃고있다.

 테러 발생 후 일주일 째.
 완전히 불에 타고, 다른 이물질과 섞여진 사건현장에서의 희생자 신원확인이 어려운 상황.
 아직도 신원이 불분명한 수백구의 시신이 정밀 감식중이다.
 그들 중 아마도 수민과 지우가 있을 것이다...

 집에 돌아온 잔디.
 가구들이 사라진 휑~한 거실로 변했다.
 창가로 다가서면, 아파트 꼭대기 층의 삭막한 풍경.
 창밖을 바라보며 약을 집어 먹던 잔디. 갑자기 창문을 열어재낀다.

빌딩풍이 한차례 휘몰아치고, 까마득한 아래를 멍하게 보는데...
 뭔가 쿵 떨어져 깨지는 소리. 놀라 돌아보면,
 거실 벽에 걸려있던 가족사진이 떨어졌다.
 남편 현수와 잔디가 수민의 팔을 한쪽씩 잡아 들어올리고 있는 사진이다.

 수민의 방 문을 여는 잔디.
 선반 위 피규어와 인형들. 천장에 매달린 우주 행성 모빌... 물건들을 손으로 쓰다듬으며 한바퀴 둘러보는 잔디.
 그때, 어디선가 '삑삑-' 신호음 소리가 난다.
 소리 나는 곳을 찾으면, 침대 밑.
 숨겨놓은... 게임 헬멧이 있다.

 침대에 걸터앉아 헬멧을 써보는 잔디. 고장난 듯 아무런 반응이 없다. 다시 벗으려 하는데, 어떻게 벗겨야 하는지... 헬멧이 벗겨지지 않는다.
 포기하고 드러눕는 잔디. 순간, 시야가 번쩍하며 정신을 잃는다.

3장. 고스트 인 원더랜드

어느 아파트 거실.
선반 위로, 각종 무기와 방어구들이 차곡차곡 쌓여있다.
원더시티 안이다.
"내 정보 봅니다. 어? 이 목소리는?!"
수민이다. 프로필 창을 확인하는 잔디. 아이디, 현재위치, 로그인 상태... 모든 내용이 텅 비어있다.
아무것도 없는, 유령 같은 상태다.
어떤 이유에서인지 수민의 게임기가 작동됐고, 수민으로 게임에 들어왔다. 원더시티는 뇌신경 파동과 목소리등의 이용자 생체정보를 인식하는 게임. 정보가 다르면, 계정을 사용할 수 없다. 있을 수 없는 일이다. 게다가 지금 이 아바타, 상태가 이상하다.

'이게... 수민이 아바타라고?'
거울에 비친 모습은, 핑크색 곱슬머리의 귀엽게 생긴 여자애다. 기본 설정인 듯, 껌을 질겅질겅 씹고 있는 모습. 아바타의 모습조차 확인할 수 없어 화장실에 왔다. 현실과 마찬가지로 거울이 있는 곳에서 자신의 모습이 비춰진다.
문득, 아래쪽의 시간표시가 눈에 들어온다.

'2029. 5. 4. 10:02 am'

'5월 4일 10시... 수민이 죽기 전이잖아? 이게 도대체... 맞아, 나. 나를 찾아보면 확실히 알겠네.'

그 사건이 있던 날. 미친 듯이 민원 업무를 했었다. 그때를 떠올려보면... 슈퍼카들이 있던 창고가 생각난다.
 "관리자 입력 합니다."
 아무 일도 일어나지 않는다. 지금 관리자가 아니라는 사실을 깨닫는 잔디. 지도를 띄워 위치를 찾는다.
 동쪽, 창고거리였다.

 아파트 밖으로 나온 잔디.
 길가의 자동차에 올라타면, 차가 꼼짝도 안한다.
 다른 차도 마찬가지, 오토바이도... 역시 움직이지 않는다.
 한숨을 쉬는 잔디의 시선에, 자전거가 보인다.

 온통 창고 건물이 늘어선 풍경.
 황량한 도로를 자전거를 타고 간다.
 지도창에 보이는 창고 안쪽으로 사람 표시를 나타내는 점 두 개를 찾는 중인 잔디. 민둥이42, 관리자인 자신이 있는 장소다.
 마침내 점 두 개가 움직이는 곳을 발견한 잔디. 자전거에서 내려 다가간다.

 잠겨있다고 표시되는 문. 안으로 들어가야 하는데...
 관리자의 강제 출입 기능이 없는 지금 상황에서는, 창고 주인이 설정한 비밀번호를 알아야 들어갈 수 있다.
 어떻게 들어가지?...

무심결에 문 손잡이를 잡아보는 잔디.
 문이... 그냥 열린다.
 자신의 손과 열린 문을 믿지 못하는 듯 번갈아 보는 잔디. 이건 뭔가가 잘못됐는데?... 하지만 이미 이 상황 자체가 잘못됐다. 일단 들어간다.

 각종 슈퍼카들로 가득한 창고 안의 모습.
 기억 속, 민원 업무를 했던 그 장소가 맞다.
 몸을 낮춘 채, 지도상의 점 표시를 향해 다가가는 잔디.
 힙합스타일 아바타, 람보르99에게 화염 공격을 당하는 민둥이42를 발견한다. 그날의 민원 업무중인, 자신이다.
 '맞네... 어떻게 이런일이...'

 민원 처리 후, 아이템 회수를 실행하는 관리자.
 모든 슈퍼카들이 사라지고, 숨어있던 잔디가 드러난다.
 "어? 누구세요?"
 관리자가 다가오는데, 당황한 잔디가 그대로 서 있다.
 "프로필이 없는건 처음인데? 람보르99랑 어떤 관계세요?"
 "저, 죄송한데요..."
 톤을 높이려 노력하는 잔디. 하지만 여자 흉내를 내려고 애쓰는 남자애 목소리다.
 "해킹 계정인것 같은데, 대답 안하시면 삭제할거에요~"
 "제가... 그러니까요..."
 "바쁘니까 빨리 말씀하세요."
 "수민이에요..."

"네?"

"내가 허수민이라고, 당신 아들."

이제 그냥 나오는 목소리 그대로를 낸다. 잠시 아무말도 못하고 선 관리자.

"엄마... 내 말좀 들어줄 수 있어? 이거 진짜 중요한 얘기야!"

"...그래. 매일 때려 잡는데, 너희도 슬슬 뭉칠 때가 됐지. 지금 시간봐봐. 수민이면 학교에 있을 시간이네?"

"엄마, 믿기 어렵겠지만, 나 미래에서 왔어. 좀있다 12시에 테러가 일어나. 여기, 원더시티에서."

관리자가 잔디를 노려볼 뿐이다.

"...하다하다..."

한숨쉬는 듯한 대답과 동시에, 눈앞에 보이던 것이 갑자기 꺼진다.

*

눈앞에 나타나는 아파트 거실 풍경.

선반에 놓인 무기 아이템의 모습.

좀전의 시작 장소로 돌아왔다. 여기는 수민의 집인 것 같다. 시선이 아래쪽을 향하자, 화살표가 따라서 움직인다.

현재 시간, '2029. 5. 4. 10:00 am' 위에 멈추는 화살표. 문득 생각난 듯, 로그아웃 버튼을 눌러보면... 작동이 되지 않는다.
 '갇힌 채로, 반복되고 있어...'
 거실 창에 비친 핑크빛 곱슬머리 소녀의 모습을 멍하니 쳐다본다.
 "내정보 봅니다."
 눈앞에 떠오르는 프로필 창. 역시 아무 기록이 없다.
 '이게 도대체 무슨 의미일까?'
 분명한 건 자신이 테러가 터지기 직전의 원더시티 안에, 수민의 모습으로 존재한다는 것이다.
 테러는 열두 시에 일어난다.
 이건 무슨 게임 미션같은 상황인데... 설마...
 "...열두 시 전에, 뭔가 해야 돼..."
 창문 앞으로 다가가며 중얼거리는 잔디. 현실에서 보던 것과 기묘하게 닮은, 삭막한 아파트 단지 풍경이 펼쳐져있다.

 아파트 앞 길.
 아바타들이 간간이 오가는 한가로운 풍경.
 길가에 서 있는 키오스크 앞으로 잔디가 다가간다.

〈안녕하세요 원더시티 민원 키오스크 입니다.〉

-불편사항 신고
-문의 및 건의

-회원상태변경
　　　-원더시티 서포터즈
　　　-상담원 연결

 화면의 메뉴 중 '-상담원 연결'을 누르는 잔디.
 키오스크가 사라지며, 그 자리에 원더시티 마크가 찍힌 유니폼 차림의 상담 봇이 나타난다. 원더시티 시스템이 운용하는 NPC 아바타, 고객 업무지원 봇이다.
 "안녕하세요~ 어떤 일을 도와드릴까요?"
 "네. 저의 엄마를 찾고 있는데요."
 신영을 찾아가기로 한 잔디. 이때쯤 원더시티에 들어와서 지우를 찾아다녔다고 했으니, 분명히 있을 것이다.
 신영과 둘이 힘을 합친다면, 문제 해결이 빠를 것이다.
 "고객님의 아이디가 조회되지 않습니다. 감사합니다. 안녕히 가세요."
 상담 봇이 사라지고, 다시 나타난 키오스크.
 잠시 얼떨떨 하던 잔디. 이번엔 '-불편사항 신고'를 누른다.

 "안녕하세요~ 어떤 일을 도와드릴까요?"
 "...제 아이디가 이상해요."
 "고객님의 아이디가 조회되지 않습니다. 감사합니다. 안녕히 가세요."

 다시 키오스크.

거의 자동으로 거부당하고 있다.
잠깐 궁리하다, 알겠다는 듯 고개를 끄덕이는 잔디.
'-원더시티 서포터즈'를 누른다.
이번엔 헤드셋을 착용한 상담사 모습의 아바타가 눈앞에 나타난다. 현실의 모습 그대로인 듯한 차림. 저 상태면, 원더시티 직원이다.

"안녕하세요~ 원더시티 서포터즈 방문을 환영합니다. 게임 영상을 SNS에 공유하시고, 매달 신규회원 5명 이상 유치하실경우, 원더시티 정식 서포터즈로서의 다양한 혜택을 누리시게 됩니다. 가입 하시겠어요?"
"네..."
"네 고객님, 그럼 가입 도와드릴게요~"
됐다. 뭔가 알아낼 수 있을거란 기대감이 시작된다.
"고객님 아이디에 문제가 좀 있으시네요... 혹시 어쩌다 이렇게되셨는지 여쭤봐도 될까요?"
"저도 모르겠어요, 제 게임기로 접속했는데, 계속 이 상태에요."
"아이디를 해킹당하면, 원래 있던 프로그램이 깨져요. 시스템 보안기능이 인식을 거부하거든요? 그러면 존재하면서도 존재하지 않는, 유령같은 상태가 되는 거죠."
설명을 들으며 저절로 고개가 끄덕여진다.
"이건 어떻게 할 수 없는데요? 로그아웃 한다음에 다시 접속해 보시고, 그래도 안되면 새로 계정을 만드셔야 할 것 같아요. 다른 필요하신 건 없으세요?"

"저의 엄마를 찾고있어요."

"엄마요?... 왜요?"

"엄마가 저 몰래 게임을 하는 것 같아서요,"

"어머님이요? 보통 애들이 그러는데 정 반대네? 아이디가 어떻게 되세요?"

"아이디를 몰라요. 강신영이고 나이는 40정도? 주소는 서울시 송평구고요."

관리자였던 잔디. 이렇게 검색해야 찾아낼 수 있다는 걸 안다.

"엄만데 나이 몰라요?"

"별로 안친해서요..."

"이거 원래 위에다 허락 맡아야 하는 일인데, 고객님 사정이 있으시니까... 그냥 해드릴게요. 다른데 가서 얘기하지 마세요~"

성공이다! 상담사가 뭔가 찾기 시작한다.

"제 친구중에도 그런 애가 있었어요. 강신영... 서울시 송평구... 여기있네. 38세시네요. 아이디가 ksy112고. 지금 오프라인 상태니까, 북쪽 거주지역 3지구 24번지로 가보세요. 거기가 시작지점이에요. 또 다른 필요하신 건 없으세요?"

"아니요, 감사합니다."

"네~ 감사합니다. 아이디 정상 작동 되시면 여유되실 때 다시 가입신청 부탁드릴게요~ 행복한 하루 되세요!"

사라지는 상담사. 잔디가 지도창을 띄워 가는 길을 찾는다.

*

 널찍한 단독주택 거실. 신영의 집이다.
 한쪽에 지하로 내려가는 계단이 보이고, 벽에 왠 자료들이 촘촘히 붙어있다.
 가까이 다가가보면, '송평 금은방 연쇄 강도사건, 이대로 묻히나?'라는 제목의 신문기사 스크랩.
 '게임에서도 일하는 거야?'
 찬찬히 살펴보면, 사건의 흐름을 정리한 듯 선들로 연결된 자료들. 용의자 자료들과 시간별로 분류된 사건 기록이다.
 용의자 자료쪽을 보는 잔디.
 보안회사 유니폼을 입고있는 직원사진 몇 장, 알리바이와 특이점들에 관한 메모들이 보인다. 자료를 훑던 화살표가 '도대체 어디에 숨겼을까?'라는 메모 위에서 멈춘다.
 "어디서 많이 본 일 같은데..."
 중얼거리며 돌아서면, 이제 시간은 10시 30분을 가리킨다. 잠시 한 자리에 우두커니 선 상태에 빠진 잔디.
 이대로 신영이 나타나기를 기다려야 하는데... 시선에 자꾸 지하로 향하는 계단이 걸린다.

 문을 열면, 어둑해서 안이 보이지 않는다.
 조명 스위치를 찾아 벽쪽을 더듬는 잔디. 찾았다.

스위치를 누르는 순간, 눈부신 빛과 함께 전경이 보인다.
 태권도장을 연상시키는, 충격방지용 매트가 사방에 둘러진 지하실. 정면 벽 위, '반드시 정의가 이긴다!'라는 표어가 붙어있다.
 눈앞에 나타나는 선택 창.
 깜빡이는 '대련 상대를 선택해주세요' 메시지 아래, 험악한 세 명의 사진과 설명이 보인다.

> -평택 상철이파 육상철.
> -화성 마약사범 jmt.
> -안산 연쇄살인범 00164.

'뭐지 이게?...'
 육상철 쪽으로 화살표를 가져가는데...
 "건들면 큰일나요!"
 갑작스러운 외침에 돌아보는 잔디. 어느새 출입구에 가죽자켓 차림의 아바타가 서 있다. 현실의 신영과 비슷한 모습. 직원도 아닐텐데... 역시 어른들은 통하는 지점이 있나보다.
 "안녕하세요, 지우 어머님~ 모습이 이래서 죄송해요. 제가 수민이 엄마예요."
 신영, 대꾸없이 잔디를 탐색하는데, 당연히 프로필 정보는 텅 비어있다.
 "해킹한거에요? 여긴 어떻게 알고왔어요?"
 "어머님, 지우 찾고계시죠? 저도 우리 수민이를 찾고 있어요~"

 마음속으로 '진심은 통한다'는 말을 되뇌는 잔디. 이 상황을 준비한 대본도 없다.
 "이렇게 남의 공간에 막 들어오면 처벌받는 걸로 아는데?"
 "그러니까, 이게 지금 어떤 상황이냐면요... 맞다. 로그아웃 한 번 해보실래요?"
 "아니, 지금 저한테 나가라구요? 하... 누구신지 모르겠는데, 저 경찰이에요. 이건 경찰용 흉악범 제압 훈련프로그램이구요."
 점점 깜빡임이 빨라지던 선택창을 끄며 신영이 말한다.
 "일단 같이 가시죠."
 "저도 뭐가뭔지 모르겠어요... 저 좀 도와주세요 어머님!"
 절박하게 소리치는 잔디. 하지만 핑크빛 곱슬머리 소녀가 초등학교 남자애의 목소리로 내지르는 부탁은... 장난치는 걸로밖엔 보이지 않는다.
 "저기, 선생님. 한 번 입장을 바꿔놓고 생각해 보세요. 이 상황에서 제가 어떻게 그쪽을 믿겠어요?"
 "...밖에 붙어있는 사건이요. 찾는 방법을 알아요!"
 문득 떠오른 생각으로 말을 돌리는 잔디.
 "밖에 붙어있는 사건~ 솔직히 말해요. 여기서 뭘 훔치려고 한거에요?"
 신영이 공격용 무기를 고르기 시작하는 듯, 손 쪽에 아이템이 장착됐다가 사라지는 모습이 보인다.
 "사실은 제가, 원더시티 민원 관리자예요. 저런 일은 하도 많이 겪어서, 딱 보면 알아요."
 "...계속해 보세요."
 신영이 마침내 결정한 테이저건을 겨눈 채로 말한다.
 원더시티에서 테이저건은 상대에게 제법 충격을 줄 수 있는 무기에 속한다. 그래봐야 약간 따끔한 정도지만.
 "저보다 잘 아시겠지만, 훔치기 잘하는 놈들은 두 부류가 있더라구요..."
 잔디가 아는 대로 말하기 시작한다.

*

 가게 안으로 들어서는 신영과 잔디.
 아바타들이 삼삼오오 테이블에 마주앉아 아이스크림을 먹고 있다.
 "임자 한 번 먹어봐, 내가 여기 오는 이유를 알거야."
 잔디 바로 옆, 양복에 중절모까지 완벽하게 차려입은 아바타가 막 뜬 아이스크림 한 스푼이 보인다.
 "어머머머 세상에~ 100가지를 한 번에 맛본 것 같네?"
 상대가 아이스크림 처음 먹어본 사람처럼 호들갑을 떤다. 다른 테이블도 대부분 비슷한 상황. 모두 양장으로 완벽하게 갖춰입었다.
 잔디의 수사 팁을 듣고 자신과 같이 다니는 걸 허락해준 신영. 어쩐지 같은 동료처럼 생각되었던 것 같다. 역시, 원더시티 민원 관리자는 형사나 마찬가지였던 걸까...
 공교롭게도 아이들이 학교 담을 넘던 그 순간, 담장 밖에 주차하던 중이던 신영. 차 앞을 지나가는 수민과 지우가 '아이스크림 집 가자'고 하는 걸 들었다고,
 원더시티에는 30곳 정도의 아이스크림 가게가 있는데, 이렇게 한 곳씩 전부 다 찾아 다닐거라고 한다.

 "양지우! 엄마왔다! 지우 여깄니?"
 아무도 못 지나다니게 입구를 막아 선 신영이 소리친다.
 순간적으로 신영을 향하는 시선들. 단지 큰 소리에 반응한 것이었던 듯, 다시 하던 일로 돌아간다.
 "여기 좀 있어 봐요."
 잔디를 잡아 끌어 입구에 세워놓는 신영. 테이블을 돌며 한 명씩 말을 걸어 확인하기 시작한다.

 "없네요. 다음 장소로 가요."
 "저기... 어머님, 애들은 이런데 안와요."
 "아이스크림 집이라고 하는 걸 분명히 들었는데?"
 "언더그라운드 가세요?"
 "아니요."
 "여기 있는 분들, 공통점이 뭐같으세요?"
 보면, 완벽한 신사 숙녀처럼 꾸민 아바타들. 전부 비슷하다.
 화살표가 아바타들 위를 훑고 지나가면,

보라빛 향기, 인생 3모작... 온통 휘황찬란한 아이디들.
 "연령대가 좀 되신것 같은데... 확인할 수 있는것도 아니고, 모르겠어요."
 "다 50대 이상일 거예요. 그럼, 초등학교 아이들은 원더시티에서 뭐 할것 같으세요?"
 "애들은 하면 안되죠, 공부해야지. 수민이한테 게임 허락하셨어요?"
 눈을 동그랗게 뜬 채 되묻는 신영. 질문의 의도를 못알아챈 듯 하다.
 "절대 아니죠. 근데 애들도 많이해요. 따라오세요. 뭐 좀 보여드릴게요."

 근대 석조건물에 둘러싸인 넓은 광장.
 여기저기서 아바타들이 계속 생겨나고, 사라진다.
 이곳은 언더그라운드의 출입구가 있는, 중앙 광장이라 부르는 곳이다.
 "애들은 여기있어요."
 신영에게 장소를 소개하는 잔디. 처음으로 관리자하길 잘했다는 뿌듯함에 목소리에 힘이 들어간다. 물론, 수민의 목소리지만.
 "저기가 언더그라운드 입구에요. 24시간, 쉬지않고 전투가 벌어지는 곳이죠."
 광장 한 복판의 입을 쩍 벌린 듯 벌어진 곳을 가리키는 잔디. 지하로 향하는 넓은 계단이 있다.
 "저 주변에서 애들이 아이템 거래를 해요. 가서 말 걸테니까, 도망치면 좀 붙잡아 주세요."
 말을 마친 잔디. 계단 근처에 있는 한 아바타를 향해 다가간다. 99%는 아이템 판매상이다.

"저기, 뭐 좀 물어볼게 있는데."
"뭘?"
"아이템 어디서 훔쳤어?"
 순간적으로 달아나는 판매상. 근처에 기다리고 있던 신영이 판매상을 붙잡는다. 양손을 뒤로 묶어 꼼짝 못하게 붙잡는 신영. 형사 답다.
"뭐야! 왜 로그아웃이 안돼!"
"봤죠? 로그아웃 안되는거. 이제 믿겠어요?"
 잔디의 말에 신영이 고개를 끄덕여준다.
"우린 너 혼내려고 온거 아니야. 아이스크림 집이 어디야?"
"거긴 왜?"
"우리 애 찾으러 간다."
 갑자기 웃음을 터트리는 판매상. 애라는 말에 허를 찔린것 같다.
"...말해주면 뭐 해줄건데?"
"뭐 해줄건데? 너 정신 좀 차리게 해줄까?"
 붙잡은 팔을 꺾는 신영. 판매상이 팔이 부러지기라도 할 것처럼 비명을 지른다. 이런 감각들이 제법 생생하게 구현되는게 원더시티의 특징이다. 물론 뇌로만 느끼는 감각이지만.

"진정하세요 어머님. 너가 아는대로 얘기하면 어머님에 놔주실거야. 우린 애만 찾으면 되거든. 그럴거죠 어머님?"
 잔디의 말에 꺾는걸 멈추는 신영. 둘이 파트너처럼 호흡이 잘 맞는다.
 "이건... 니네가 불쌍해서 말해주는거다. 어디가서 내가 말했다고 하지 마. 약속해."
 한 숨 돌린 판매상. 신영의 눈치를 보며 말한다.
 "약속."
 "오락실이야. 격투기게임하는."
 "오락실? 근데 왜 아이스크림집이라고 하는데?"
 신영이 따져 묻는다.
 "그냥, 멋있잖아요~ 니네들도 못알아듣고. 됐죠? 이제 놔줘요."

 원더시티에서 오락실은 단 한 곳 뿐이다.
 그것도 웬만해서는 찾기가 불가능한, 어느 구석진 상가건물의 지하에 있다.
 아는 사람 끼리만 아는 곳. 개발자가 몰래 만들어 놓은 게임 속의 아지트 같은 곳이라고 판매상이 털어놨다.
 이런 곳을 어떻게 수민이가 알았지?... 일이 점점 생각지 못한 방향으로 흐르고 있다.

 양쪽 벽면에 줄지어 늘어선 오락기들의 모습.
 구석에서 게임중인 아바타 둘이 보인다.
 한쪽은 양갈래로 딴 빨간 머리 소녀. 옆은 핑크색

곱슬머리 소녀의 모습.
핑크머리가 수민. 빨간머리가 지우다. 잔디와 똑같은 수민의 아바타를 보며 고개를 갸웃거리는 신영.
잔디는 마침내 자신이 수민과 같다는 사실을 두 눈으로 확인하는 중이다.
현실에서 똑같은 자신과 마주치면 죽거나 미친다는 말이 있는데, 게임에서의 이 상황은... 아무렇지도 않고, 아무 일도 일어나지 않는다.

"입구 좀 막아주세요..."
신영에게 속삭이는 잔디. 게임중인 수민의 뒤로 다가간다.
"수민아~ 재밌니?"
소리에 돌아보는 수민. 자기와 똑같은 아바타다.
"어?"
"엄마다."
사실인데, 같은 목소리로 말하니 장난같다.
"나랑 완전 똑같지? 신기한데?"
역시나, 수민이 옆의 지우와 키득거릴 뿐이다.
"너 침대 밑에 게임기 숨겨놨지?"
"지우야 도망쳐!"
순간적으로 입구를 향해 달아나는 수민. 그러나 신영이 막고 서 있다.
"누가 지우야."
빨간머리와 핑크머리를 번갈아 보며 말하는 신영. 아직 게임기 앞에 앉아있는 빨간머리가 간신히 손을 들어올린다.

"너 이게 지금 뭐하는 짓이야? 응?"
 한 손엔 수민을 붙잡아 끌고 지우쪽으로 튀어가는 신영. 서슬퍼런 기세에 잔디도 뭐라고 할 수가 없다.
 "양지우! 너 이런 애 아니잖아! 수민이가 시켰어? 수민아니가 시켰니?"
 "엄만... 아무것도 몰라!"
 갑자기 소리를 지르는 지우. 잔디와 수민이 깜짝 놀라는데...
 "너 지금 어디야. 내가 너 게임방 돌아다니면서 찾아다녔어~ 너때매 이러는 엄마 마음이 지금 어떤지 알기나 해!!"
 아랑곳 하지 않는 신영에 지우가 병 찐다.
 "니네 엄마도 똑같네. 됐어 지우야, 상대하지 마. 가자."
 신영의 손을 냅다 뿌리치며 말하는 수민. 저건... 미쳤다.
 "뭐라고? 아니 얘가?"
 "로그아웃이 안돼?!"
 "어? 왜이래?!"
 탈출 계획이 안먹히자 당황하는 수민과 지우.
 "우린 지금 게임에 갇혀있는 상태야."
 잔디가 차분하게 말한다.
 "삼십 분 뒤에 게임이 폭발하는데, 접속중인 게이머들 다 죽어."
 "엄마가 그걸 어떻게알아?"
 "나도 이게 어떻게 된 일인지 설명할순 없는데... 나, 미래에서 왔어 얘들아."
 미친 차원을 넘어선 듯한 잔디의 말. 수민, 지우와 함께 신영까지 멍한 표정으로 쳐다본다.

*

〈안녕하세요 원더시티 민원 키오스크 입니다.〉

-불편사항 신고
-문의 및 건의
-회원상태변경
-원더시티 서포터즈
-상담원 연결

키오스크 화면을 보고 선 신영.
어깨너머 잔디와 수민, 지우도 같은 화면을 쳐다보고 있다.
신영에게 살려면 도와달라고 하며 여기로 끌고왔다.
"나 이거 못하겠어..."
신영이 또 돌아선다.
"열두 시가 되면, 게임이 폭발한다니까요. 이 방법밖엔 없어요. 정 못하시겠으면, 게임 밖으로 나가는 방법만이라도 물어봐주세요."
"아 쪽팔려서..."
마지못해 '-상담원 연결' 버튼을 누르는 신영. 키오스크

자리에 상담 봇이 나타난다.

"안녕하세요~ 어떤 일을 도와드릴까요?"
"네 안녕하세요. 서울 동남부경찰서 강신영 경장입니다. 여기 계신 분들이 게임에 무슨 문제가 있다고 해서요, 운영자님 잠깐 뵐 수 있을까요?"
"민원 제출 서류를 작성하여 수사 영장과 함께 제출해주세요. 검토후 24시간 이내로 연락 드리겠습니다. 감사합니다. 안녕히 가세요."
"아, 저기요. 제가 경찰이라구요. 운영자님하고 얘기좀 하겠다구요."
"민원 제출 서류를 작성하여 수사 영장과 함께 제출해주세요. 검토후 24시간 이내로 연락 드리겠습니다. 감사합니다. 안녕히 가세요."
신영이 황당해하는 사이, 사라지는 상담 봇.
다시 처음의 메뉴화면으로 돌아왔다.
아이디 상태가 정상이면, 당연히 신고접수를 할 수 있을줄 알았는데... 경찰이라고 했는데도 소용없다. 잠시 서로를 마주보며 할말을 찾지 못하는 잔디와 신영.
갑자기 둘 사이를 비집고 들어온 수민이 '-불편사항 신고' 버튼을 누른다.

"안녕하세요~ 어떤 일을 도와드릴까요?"
다시 시작되는 상담 봇의 인사멘트.
"저 언더그라운드 랭크 28위인데요, 게임 속도가 느려져서 게임을 못하고 있어요. 살펴보다가 이상한 에러를 발견했거든요? 직접 데려왔어요, 보여드릴려고."
 수민, 옆에 선 자기와 똑같은 모습의 잔디를 가리킨다.
 "문제점을 보다 구체적으로 설명해 주세요."
 성공이다! 상담 봇이 관심을 보였다.
 "얘 때문에 게임 할 기분이 안나요. 탈퇴하고 싶고요. 아 참, 로그아웃도 안돼요."
 "고객님의 요구사항을 알려 주세요."
 "운영자님을 만나서 이 에러가 왜 생겼는지 직접 검사받고 싶어요."
 "불편 신고가 접수되었습니다. 지금 담당자가 검토중입니다. 잠시만 기다려주세요."

 "잘했어!"
 상담 봇이 사라지자, 하이파이브를 하려는 잔디.
 "어쩔수 없이 한거야. 밖으로 나가야 되니까."
 잔디를 변함없이 외면하는 수민. 지우 쪽으로 가버린다.
 맘이 상한 잔디가 뭐라고 한마디 하려는데, 갑자기 그들의 주위로 동그란 자력장의 벽이 생겨난다.
 손으로 만져보면, 탄력있게 튕겨내는 벽.
 수민과 지우가 신기해하며 장난치기 시작하는 순간, 사방이 완전히 새하얀 공간으로 바뀐다.
 그 곳에 기다리고 있는 아바타는... 잔디의 상사, 민원 처리반 오실장이다.

"네. 어떤 일로 오셨어요?"
거의 상담 봇에 가까운, 단조로운 오실장의 말.
"아까 다 얘기했는데, 또 말하라구요?"
신영이 아직도 화가나있다.
"네."
"실장님. 저, 김잔디예요."
 말싸움을 시작하려는 신영을 밀치고 잔디가 대신 나선다.
"김잔디요?... 어?!"
 이름을 알아들은 오실장. 잔디의 이상한 아바타를 새삼 쳐다보며 고개를 갸웃 하는데...
"실장님, 지금부터 제가 하는 말 잘 들으세요. 누군가 게임에 테러 바이러스를 퍼트렸어요. 지금 당장 모든걸 멈추고 시스템 내부를 샅샅이 살펴야돼요. 안그러면 열두 시에 여기 다 폭발하고 게이머들 다 죽어요!"
"...하라고 한거 못한다고 이러세요? 지금 계약 종료니까, 당장 나가세요. 지금 나가요."
"지금 테러가 진행중이라니까요! 우리 애도 있고, 이 분은 경찰이야. 뭐라고 말좀 해줘요!"
 옆에 있던 신영을 잡아 끄는 잔디.
"됐으니까 꺼지라고!"
 어떻게든 물고 늘어져야 할 상황에 고맙게도 폭언을 한다. 수민의 목소리가 한 몫 했을거다. 듣고있다보면, 대뇌와 소뇌 사이를 알갱이 처럼 파고드는 소리. 어쩔땐 그만 말하라고 소리치고 싶어진다는 것, 잘 안다.
"아니, 지금 애 앞에서, 뭐에요?"

다시 신영이 나왔다. 이젠 안막는다.
"테러가 날지도 모른다잖아요. 신고 받았으니까, 수사에 협조하세요. 아니다, 경찰이기 전에 나도 여기 고객이야. 책임자 나오라고 해."
"이렇게 나오시겠다? 알았어요. 원하시는 대로, 한번 끝까지 가보세요. 나중에 저 원망하지 마세요~"
마침내 항복한 오실장, 뒤돌아 누군가에게 연락을 취한다.
"사실 저분이 저한테 일을 시킨게 있거든요, 제가 일 안하고 딴소리 하는 줄 알고 열받은것 같아요... 어떡하지?"
괜히 미안해져서 신영에게 설명하는 잔디. 그러나 이미 신영의 싸움이 돼버렸다.

새롭게 양복차림의 아바타가 두 명 더 나타난다.
친절하게도 운영진 박이사. 운영진 복대표라는 명찰이 붙어있다.
"그래서, 어느 분이 신고를 하셨다는거에요?"
박이사가 먼저 일행에게 말을 건다.
"전데요."
잔디가 손을 든다.
"그럼 그쪽분이 경찰이시고,"
"네."
"신고하셨다는 분은 아이디가 없으시네? 해킹해놓고, 지금 뭘 한다는거에요? 그리고 경찰은 근무 안하고 왜 게임 들어와서 이러세요? 당신 경찰 맞아?"
빈틈 없이 내친다. 웬만하면 물러서야 할텐데, 물러날 곳이 없다.
 "말씀이 지나치시네요. 로그아웃은 왜 안돼요? 이러면 아이들한테 위험하다고 생각 안하세요?"
 신영이 잘하고 있다.
 "지나친건 당신들 이세요~ 지금 이러는거, 영업방해라는 생각은 안해보셨나?"
 박이사에게 귓속말로 로그아웃 상황을 알리는 오실장.
 "확실해? 다시 제대로 해봐. 될 거야."
 상관없다는 반응이 불도저 스타일이다. 이러면 어느 한쪽이 죽어야 싸움이 끝날텐데...
 "서비스 중단시켜."
 지켜보던 대표가 한마디 한다.
 "이건... 제가 책임지고 잘 살피겠습니다."
 갑자기 쩔쩔매는 박이사. 일이 고맙게도 커졌다.
 "문제가 있다는걸 그냥 넘긴다고? 난 그렇게 안배웠어. 해 오실장."
 실장에게 직접 지시하는 대표. 상황이 갑자기 일단락되며 박이사가 고개를 푹 숙인다. 기뻐해야할지 분간이 안 간 채 멀뚱히 서 있는 일행 앞에 시스템 제어 화면을 띄우는 오실장.
 완료 직전까지 꽉 차있던 업데이트를 취소하고, 서비스 중단 버튼을 누르면, 화면에 '서비스 점검중'의 큼지막한 안내문이 나타난다.

 "서비스 종료 했습니다."

"바이러스 체크해봐."
 다른 화면을 띄워 명령어를 입력하는 오실장. 바이러스 검사가 시작되면, 원더시티의 시스템 전체 상황을 표시하는 그래프가 나타난다. 푸른 그래프의 상태 중, '언더그라운드'로 표시된 쪽 그래프에 붉은 부분이 보인다. 그 붉은 부분이 점점 확장하는 중이다.
 "감염 부위 발견. 빠르게 늘어나고 있습니다."
 "당장 치료 시작해!"
 다급하게 외치는 대표. 곧바로 치료를 실행하면, 보이는 붉은 부분이 줄어들기를 시작한다.
 열두 시까지 몇 초 남지 않은 시간. 긴장한 채 상황을 지켜보는 일행들. 열두 시 직전, '치료 완료' 메시지가 뜨자, 모두들 안도의 한숨을 내쉰다.

 "덕분에 큰 위험을…"
 대표가 말하려는 순간, 갑자기 도로 붉게 변하는 언더그라운드 쪽 그래프. 동시에 일행이 서 있는 바닥이 시뻘겋게 변하며… 폭발한다!

*

수민의 아파트 거실. 또 시작지점이다.
분명히 문제를 해결했다고 생각했는데, 폭발을 막지 못했다. 그리고 또 돌아왔다.
 그렇다면 시스템 자체가 아닌, 다른 문제가 있다는 말인데... 생각에 잠긴 채 아이템 선반 사이를 왔다갔다 하는 잔디.

　　　'테러범을 직접 잡아야겠어. 그방법 밖엔 없어.'

 마침내 생각을 정한 잔디. 집 밖으로 나간다.

 신영의 거실.
 막 나타난 신영의 아바타. 한쪽에 잔디가 서서 신영을 바라보고 있다.
 "뭐야?!"
 "안녕하세요 어머님~ 지우 친구, 수민이에요."
 수민인 척 해보기로 한 잔디. 통해야 할텐데...
 "해킹한것 같은데? 남의 집에서 뭐해요?"
 "지우 찾아 오셨죠? 제가 어딨는지 알아요."
 "목소린 앤데, 어른 같네? 남 계정으로 장난치는거, 범죄에요. 좋은말로 할때 나가요."
 아예 상대를 하지 않는 신영. 잔디가 다급해진다.
 "맞다, 저 사건. 물증이 없어서 1년째 찾고 계시죠?"
 "말로 안되네, 할 수 없지."
 턱을 안쪽으로 당기고 양팔을 들어 머리를 방어하는 자세를 취하는 신영. 곧 싸울 기세다.
 "이러시면 안돼요. 지금 어머님의 도움이 필요하다고요!"

대꾸하지 않는 신영. 잔디에게 연타를 먹인다.
 "제 얘기 한 번만 들어주세요~ 제가 어떻게 하면 되겠어요? 네?"
 공격을 막지 않는 잔디. 에너지가 끝나기 직전. 몸이 붉게 깜박이자, 마침내 신영이 멈춘다.
 "사람 마음 약한거 알고, 못 죽일 줄 아네? 나쁜 놈. 근데 어쩌냐, 상대를 잘못 골랐어."
 마지막 한방을 날리는 신영. 순간, 눈앞의 모든 게 사라진다.

 수민의 아파트 거실.
 다시 시작 지점. 잔디가 한동안 멍 하니 서 있다.
 날짜, 시간... 모두 처음 상태로 되돌아왔지만, 방금전 신영에게 받은 충격과 피로감은 그대로 남아있다.
 이래가지고서는 어려울 것 같다.
 도움을 받을 수 없다면, 혼자서라도 해야한다.
 어디서부터 하면 좋을까...
 문득, 민원처리 업무 때 봤던 복어폭탄을 떠올리는 잔디.
 복어폭탄도 어떻게 보면 테러무기다. 그런 불법적인 걸 만들어 파는 놈들이라면 뭔가 아는게 있을지도 모른다.
 '중앙 상업지역 7지구에, 당구장이랬지...'
 주위의 선반에 가득한, 각종 아이템들을 둘러보는 잔디.
 돈 될만한 아이템을 챙기기 시작한다.

 원더시티 당구장.

죽 늘어선 당구대 끝 쪽에 대여섯 명이 모여 떠들고 있다.
갑자기 불쑥 나타난 잔디를 보고 하던 걸 멈추는 일당들. 비밀번호로 잠겨진 문이었지만, 지금 상태의 잔디에겐 소용 없었.

"너, 여기 어떻게 들어왔어?"
리더인 듯한 한 명이 말하고, 나머지 일당들은 전부 무기를 꺼내 잔디를 겨누는데... 대꾸하지 않는 잔디. 챙겨온 아이템을 앞에 꺼내놓는다.

"귀먹었어? 뭐하는 놈이냐고!"
"이거 다 드릴게요. 복어폭탄 주세요."
리더의 손짓에 잔디의 아이템을 살피는 일당.

"누구시냐고요~ 해킹아이디야~"
충분하다는 신호를 확인한 리더가 한층 누그러진 목소리를 낸다.

"나쁜놈이요. 이 지겨운 세상 날려버리고 싶은."
키득대는 일당. 갑자기 분위기가 확 가벼워진다.

"내 줘~"
리더의 말에 일당이 잔디에게 복어폭탄을 건내준다.

"배쪽을 봐."
손에 든 복어폭탄을 들어 보는 잔디. 아래 쪽에 버튼이 보인다. 현실성을 중시하는 원더시티에서 아이템을 사용하려면, 현실처럼 사용법을 배워 직접 실행해야 한다.

"그 버튼 누르면, 7초 후에 폭발하는거야. 터지면 지금 딱 이정도 크기 안에 있는 모든게 전부 삭제 되는거고. 여기선 그게 핵폭탄이지~"

"뭐 좀 여쭤보려고."

 버튼에 손을 얹고 리더를 똑바로 쳐다보는 잔디. 리더와 일당들이 그 자리에 얼어붙는다.

"뭐하는 짓이야? 그거... 내려 놔."

"그럴 순 없어."

"뭘 알고싶은데?"

"원더시티 테러범. 열두 시에 바이러스 같은걸로 여길 폭발시킨다는 놈 말야. 어떤 놈이야?"

 웃음을 터트리는 일당들. 완전히 망했다.

"이거 터지면 너네 다 초기화 된다~ 말 안할거야?"

"저기요~ 뭔가 착각하나 본데, 우린 누굴 팔아 넘기는 쥐새끼가 아니야. 의리가 있는데~"

 리더의 말에 다 함께 고개를 끄덕이는 일당들.

 잔디가 보란듯 버튼을 누르자, 순식간에 표정들이 굳는다.

"어?! 왜 안돼? 야, 로그아웃 왜 안돼??"

 당황해서 터져나오는 소리. 이윽고 일제히 서로를 밀치며 출구쪽으로 내달리기 시작한다.

 그 와중에 밀려 넘어진 리더.

"야... 이... 쥐새끼들아!!!"

 리더가 소리치는 순간, 폭발과 함께 모든 게 사라진다!

4장. 댄스댄스댄스!

오락실.
 살색 스킨, 검은 단발머리에 선글라스로 변장한 잔디.
 핑크색 곱슬머리 아바타를 완전히 다른 스타일로 바꿔놨다.
 수민 뒤로 다가가 잠시 게임 하는 걸 구경한다.
 범위가 제한된 공간에서 상대와 대결하는 격투기 게임. 이제, 잔디는 이 게임을 해야한다.

 의리를 중시해선지, 아무도 테러범에 대한 정보를 주지 않는 상황. 그나마 단서를 줄 만한 상대가 수민만 남았다.
 집에 그정도의 훔친 아이템을 쌓아 둔 수민이라면, 분명히 뭔가 알지도 모른다...
 어쨌거나 수민과 친해지기 위해선 이방법밖엔 없다. 하필이면 반복 시간 내의 수민이 오락실에만 있기 때문이다.

 근처 다른 게임기 앞에 앉는 잔디.
 게임을 시작하면, 어깨 너머로 본 것을 최대한 흉내내보려 애쓴다.
 그렇게 열두 시가 되고, 모든게 폭발한다.

 "나랑 붙자."
 잔디가 수민의 어깨를 툭 친다.
 위아래로 잔디를 훑는 수민. 뭔가 이상하다는 듯 고개를 갸웃거리는데, 다행히 넘어간다.

귓속말을 하자 자리를 비키는 지우.
잔디가 수민 옆에 앉고, 게임을 시작한다!

"엇... 뭐야... 어!..."
몇 마디 내 뱉는 새 끝나버린 게임. 제자리에서 움직이지도 못했다.
수민과 지우가 비웃음을 교환한다.
"이야~ 진짜 짱이다 너! 난 민수라고 해. 우리 친구하자~"
슬쩍 친한척을 시도하는 잔디. 그래도 같이 게임까지 했으니, 껴 줄지도 모른다.
"좀 비킬래? 지우야 앉아."
안 비키면 밀쳐내는 수민. 그리곤 말을 걸어도 대꾸를 않는다.
할 수 없이 다른 자리에 가서 연습해보는 잔디. 우왕좌왕만 하다가 허무하게 끝난다. 스스로 생각해도 너무 못한다.
다 관두고 수민의 뒤에서 구경이나 하는 잔디.
열두 시면 모든게 폭발한다.

다시 수민의 거실.
곰곰이 생각에 빠진 잔디. 이제 상황은 누군가를 찾아 격투기 게임을 배워야 할 때인 것 같다.
게임 속에서 게임 훈련을 해야한다. 어차피 반복할 시간은 무한하니 제대로 가르쳐 줄 사람만 찾는다면... 승산 있는 게임이다.
오락실의 존재를 아는, 그 아이템 거래상이 누군가를 알지도 모른다.
 잔디, 아이템 선반에서 비싸보이는 걸 몇개 챙긴다.

*

 언더그라운드 입구.
 신영과 함께 봤던 판매상은 여전히 그자리에 있다.
 무한 반복의 장점은 할 수록, 누가 어디서 뭘 하고있는지가 새로운 땅을 발견하듯 넓혀진다는 것. 이 사실을 깨닫는 순간, 더 이상 반복이 아닌 모험이 됐다.
 이러다 중요한 단서를 찾게 되고, 그렇게 테러범을 잡는 순간에 아마도 게임이 끝날 것이다...

 "거래하고 싶은데요."
 말을 꺼내며 장검 한자루를 판매상에게 보인다.
 "...8만 원까지 드려요."
 말하며 주위를 한 번 쓱 살피는 판매상. 관리자 같은 건 보이지 않는다.
 "돈 말고요. 오락실 격투기게임 잘 가르쳐 주실 분 혹시 아세요?"
 잠시 잔디를 이상하게 쳐다보는 판매상. 고개를 끄덕인다.

 주택가를 걸어가는 잔디와 판매상.

허름한 빌라 입구로 들어가 층계를 올라간다.
 404호 문 앞에서 멈추는 판매상. 어쩐지 한 번 와봤던 것 같은 장소. 잔디가 기억을 떠올리려 애쓰고있는 사이, 판매상이 벨을 누른다.
 곧이어 문이 열리면, 하얀 타이츠 차림의 아바타가 얼굴을 내민다. 스토킹 민원의 주인공, '열정'이다.
 "격투기 게임 가르쳐 주실 선생님이세요. 서로 인사... 어?"
 잔디쪽을 돌아보면, 이미 도망가고 아무도 없다.

 다음 회차.
 404호 안. 거실 한쪽에서 조각칼을 들고 두상을 깎고있는 열정의 모습. 다른 한쪽의 TV앞에 잔디가 앉아있다. 격투기 게임 연습중이다.
 잔디가 열정에게서 격투기 수련을 시작했다.

 20회차 후.
 열정과 나란히 TV앞에 앉아 격투기 게임 중인 잔디.
 화면 속, 춤추듯 공격하는 열정에게 잔디가 일방적으로 당한 끝에 'GAME OVER'가 뜬다.
 "아니, 그걸 왜 못해~ 하... 안돼겠어. 내가 직접 보여줄게."
 벌떡 일어나더니 거실 한가운데서 살사를 추기 시작하는 열정.
 "골반을 잘봐~ 부드럽게 빙글빙글, 굴리란 말야. 긴장 풀고. 방향을 굴리라고. 응?!"

열정의 골반을 지켜보던 잔디. 도중에 밖으로 뛰쳐나간다.

댄스 학원.
게임 훈련에 뛰어든지 40회차를 넘어선 잔디.
404호의 TV앞이 아니라, 여기서 춤을 배우고 있다.
파트너와 손을 맞잡고 열심히 살사를 추는 잔디. 스탭이 꼬여 넘어지면, 웃으며 털고 일어난다.
적극적이다.

50회차 무렵.
다시 열정과 나란히 TV앞에 앉은 잔디. 스크린 속, 열정과 거의 똑같은 수준으로 기술을 구사 중이다.
마침내 한 끗차로 열정을 물리치는 잔디. 'YOU WIN'메시지가 화면에 뜬다.

*

오락실.
수민의 어깨를 툭 치는 손. 돌아보면, 잔디다.
수민과 대결을 시작하는 잔디.
춤을추는 듯한 잔디의 연타공격에 수민이 일방적으로 당한다.
간단히 수민을 이기고 게임을 끝내는 잔디. 그런 잔디를 수민이 미친놈 보듯 노려본다.
"난 민수라고 해. 친하..."
"꺼져. 지우야 앉아."
 잔디가 멍 한채로 있으면, 또다시 밀쳐내는 수민.
 아무일 없었던 것처럼 지우와 새 게임을 시작한다.
"야!! 아~ 새끼 진짜 말 더럽게 안들어!"
 마침내 폭발한 잔디. 버럭 소리치면, 수민과 지우가 서로를 보며 어이없다는 웃음을 터트린다.
 자리에서 일어나는 수민. 잔디를 향해 격투 자세를 취한다.
"나랑 맞짱 떠서 이기면, 친구해줄게."
 갑자기 진짜 싸움이 시작된다.
 먼저 펀치를 날리는 수민. 쉴세없이 정확한 타격이 이어진다.
 게임보다 한 템포 느린 덕분에 춤도 다 소용없다.
 또 수민과 상대가 되지 않는다.
"...야! 난 그냥 너랑 친구가 되고싶을 뿐이야."
 죽기 직전, 필사적으로 외치는 잔디. 몸 전체가 붉게 깜박인다.
"넌 안돼. 이상하게 자꾸 우리 엄마가 생각나."
 마지막 한방을 날리는 수민. 눈앞의 모든게 한 순간에 꺼진다.

 대로변.
 잔디가 길 한복판에 멍하니 멈춰서 있다.

언제부터인가 무작정 돌아다니면서 단서를 찾기 시작했다. 이게 몇 회차인지 기억도 나지 않는다.
 '그래도 힘을 내보자! 뭐라도 하자!'
 되뇌이며 스스로 기운을 북돋는 잔디. 지나가는 아바타를 아무나 붙잡고 말을 걸기 시작한다.
 "저기, 잠깐만요~ 혹시요~"
 "뭐야, 여기도 이런 사람이 있네?"
 다들 귀찮은 듯 뿌리치고 그냥 가버린다.
 이리저리 돌아다니며 계속 시도하는 잔디, 아무도 관심을 보이지 않는다.
 잔디, 어느 순간 대로변에서 살사 춤을 추는데...
 신고받고 출동한 관리자, 잔디를 삭제한다.

 다시 대로변.
 이번엔 길 한쪽으로 서 있는 잔디.
 "안녕하세요~ 스티커 하나만 붙여주고 가세요~"
 방법을 바꿔도 여전히 무관심한 아바타들. 포기하지 않고 계속 하던 잔디에게 마침내 누군가가 다가온다.
 "수고하십니다~"
 돌아보면, 민원 관리자다. 아이디 '민둥이 43'을 확인한다.
 삭제인가? 알아서 하라는 듯, 눈을 감아버리는 잔디.
 "저... 아까 전부터 지켜봤어요. 굉장히 열심이시던데, 제가 도와드릴 일 없을까요?"
 의외로 친절한 상대의 말투. 잔디가 살며시 눈을 뜬다.

"사는게 힘들어서 나왔어요. 그냥 누군가랑 이야기를 하고 싶을 뿐인데, 그게 이렇게 어려울줄 몰랐네요..."
 초면에 가슴속에 있는 말을 줄줄 하고있는 잔디. 스스로 생각에도 상태가 안좋다.
"심리상담센터 가보셨어요?"
"여기도 심리상담센터가 있어요?"
 놀라 되묻는 잔디. 민둥이43이 손으로 가리키는 쪽을 보면, '원더시티 심리상담센터'라고 적힌 간판이 보인다.
"어머, 있네 있어. 감사..."
 잔디가 돌아보면, 삭제된 것처럼 아무도 없다.

 심리상담센터에 들어서면, 울창한 숲이 펼쳐져 있다.
 잎새를 흔드는 바람결, 새 지저귀는 소리. 가까운 나무 가지에 손을 뻗으면, 나무 결이 느껴진다.
 어느 순간, 잔디의 앞에 할머니 모습의 상담사가 나타난다.
"상담 내용을 말씀하세요."
"제가 지금 좀 많이 힘들... 어요. 여길 빠져나가야 하는데, 아무리 애를 써도, 방법이 없어요. 이젠 어떻게 해야할지 모르겠어요. 혼란스러워요..."
 잔디가 더듬더듬 속에있던 말들을 꺼내놓는다.
"상담 분석이 완료 되었습니다. 두 가지 답변이 존재합니다. 첫번째. 갇혀있기 괴롭다에 대한 답변. 당신은 지금 미션 중입니다. 문제를 해결하세요. 문제를 해결하면 풀려납니다."

대답이 속이 시원해 질 정도로 명쾌하다. 제대로 찾아왔다!
"두번째. 혼란스럽다에 대한 답변. 모든 문제의 답은 이미 자신이 갖고 있어요. 차분하게 생각을 정리하는 시간을 가지세요. 답이 떠오를 거에요. 상담이 끝났습니다. 안녕히 가세요."
말을 마치고 사라지는 상담사. 순식간에 끝났다.
잔디, 남겨진 숲을 바라보며 생각에 잠긴다.

수민의 거실.
아이템 선반들을 한쪽으로 밀어놓는 잔디.
텅 비워낸 거실 공간의 벽에 메모지를 붙인다.

[테러범을 잡는다!]

붙인 메모지를 잠시 바라보는 잔디.
이어 다른 메모지에 떠올린 생각들을 쓰고, 쓴 걸 벽에 붙이기 시작한다.

30분 후.
잔디를 따라서 신영이 거실에 들어선다.
신영에게 탐정이라고 소개했더니, 의외로 쉽게 넘어왔다.
어쩌면 신영은 탐정소설의 애독자일지도...
원더시티 테러를 막아달라는 의뢰를 받았다고 했고, 유력한 용의자를 쫓고 있다고 설명했다. 어떻게 신영을 찾았는지 같은 건 탐정이니까로 둘러댔다.

수사 현황판처럼 메모들이 붙은 모습에 놀라워하는 신영. 다가가 메모들을 살핀다.

[테러범을 잡는다!]

[목표]
-테러범 : 해킹능력자. 위치 추적 불가능.
 12시에 원더시티 전체를 파괴함.

[장소1. 북쪽, 3지구 24번지]
-신영 : 형사. 게임에서 수사력이 통할까?

〉〉 장소2. 오락실 〈〈
 -수민 : 아이템 도둑. 언더그라운드에 다님.
 단서를 추궁할 유력 용의자.
-지우 : 수민의 게임 파트너.
 수민과 같이 다님.

[장소3. 회의실]
 -회의실 운영진들 : 원더시티 시스템 권한 있음.
              테러에 별 소용 없는듯.

[장소4. 동쪽, 창고거리]
-민둥이42 : 민원 관리자. 소통불가능.

"어때요, 제 의뢰좀 도와주시겠어요 형사님?"
메모를 보고 있는 신영에게 말을 건다.
"왜 저기만 강조해놨어요?"
'오락실'의 강조표시를 가리키며 묻는 신영.
예상대로 신영의 관심이 지우에게 향한다. 자신의 아들과, 그 친구에 관한 얘기다. 신영의 입장에선 이 모든 문제를 초래한 수민을 취조할 기회가 생기고, 최소한 아들을 찾을 수 있으니 거절할 이유가 없다.
"테러범 잡으려면 정보가 필요 하잖아요? 형사님 포함해서, 대부분 말이 안통해요. 현재로선 저 아이들이 유일한 희망인데..."
"희망인데?"
"친해져야 말을 할텐데, 쉽지가 않네요..."
"수사 비법을 알고싶으세요?"
자신에게 붙여진 메모를 확인한 신영이 잔디에게 돌아선다.
"네... 정말 너무 힘드네요 지금."
"바위에 계란을 던진다고, 바위가 부서질까요?"
"아, 아니요?"
"기억하세요. 수사는 바위를 깰 못이에요. 상대방의 가장 약한 지점을 파고 들 못."
"수사는 못이다..."
말을 새기듯 반복하는 잔디. 신영의 기분을 띄워줘서 행동하게 해야 한다.
"애들이 지금 오락실에 있다는 거죠?"

*

"저랑 똑같은 애가 수민. 그 옆 빨간머리가 지우에요."
 잔디가 속삭인다.
 "이놈새끼, 너 여기서 뭐하고있어! 엄마가 너 얼마나 찾아다녔는지 알아!"
 찍어준 지우를 탁 치고 곧바로 쏘아대는 신영. 들이닥친 기세에, 수민과 지우가 놀라 얼어붙는다.
 "너가 수민이니? 아유~ 애가 게임에서도 똘똘하게 생겼네~ 지금부터 묻는 말에 솔직하게 대답해야된다. 아줌마 경찰이야."
 질린 채로 고개를 끄덕이는 수민.
 "게임 친구들중에 수상한 짓 하고 돌아다니는 애들 있어? 뭐 여기를 폭발시킨다거나, 그런거."
 "...저는 그냥 돈 준대서 시키는대로만 했어요. 진짜 아무것도 몰라요."
 이럴수가. 수민의 입에서 마침내 단서가 나왔다.
 "누가, 뭘 시켰는데?"
 대화에 끼어드는 잔디. 자신과 목소리까지 비슷한 잔디를 수민이 경계한다.
 "괜찮아, 아줌마 친구야. 계속해~"
 "어제... 아이템 거래하다 만났는데, 회복물약 300개를 주면서 언더그라운드에 뿌리랬어요. 그게 바이러스인 줄 진짜 몰랐어요."

"난 바이러스라고 한 적 없는데? 그걸 어떻게 알았을까?"
허점을 찌르자, 움찔하는 수민. 아마 실제 몸에선 식은땀을 흘리고 있을 것이다. 신영의 노련함이 통했다.

"...뭔가 이상해서 알아봤어요. 전 진짜 장난치는 건줄만 알았어요. 오늘 여기서 돈 주기로 했는데..."

"안온다고? 돈도 안주고, 양아치네. 그놈 아이디가 뭐야?"
"까먹었어요."
"그럼, 다른 기억나는거는 없어? 알아 볼 만한 특징이라던지."
"슈퍼카를 타고 다녔어요. 자기가 슈퍼카를 싸게 판다고... 관심있냐고 물어봤어요."
"람보르99 아니야?"
잔디가 확신하며 말한다. 드디어 찾았다.
"어?! 맞아요. 그걸 어떻게 아세요?"
그러게 말이다. 그것도 그 일이 터진 날. 민원처리 업무중에 만났다는게 신기하다. 잔디는 람보르99를 삭제처리 했다. 그래서 여기 못 나타나는 거다.
원더시티가 좁은건지, 나쁜 놈들이 정해져 있는 건지...
잠깐, 그러면 수민이도 나쁜 놈 중 하나가 되는 건가??
...뭐 어쨌든 이걸로 테러범의 실마리가 잡혔다.

"형사님. 미안한데, 부탁 하나만 더 들어주실래요?"

"네? 뭔데요?"
"지금 저 좀 죽여주세요."
 다시 처음으로 돌아가야 하는데, 누군가가 죽여주지 않으면 열두 시까지 기다려야 한다.
"네에??"
"다 수사를 위해서예요."
 잔디, 신영의 손을 꼭 붙잡으며 부탁한다.

*

 수민의 아파트 거실.
 아이템들이 수북한 선반들을 뒤지는 잔디. 마침내 복어폭탄을 발견한다.
"너가 있을 줄 알았어~"

 창고 안.
 슈퍼카들 사이, 도망치는 람보르99를 민둥이42가 쫓고있다. 관리자 잔디가 민원 처리 중이다.
"소용 없어요~"
 소리치는 민둥이42. 람보르99가 차에 올라타 시동을 걸면, 움직이지 않는다. 이미 관리자 명령어로 이 장소의 모든 기능을 차단한 상태다.

포기하지 않고 차 안을 뒤지기 시작하는 람보르99. 뭔가를 발견한다.

 양손에 라이터와 스프레이 통을 들고 선 람보르99. 원더시티에서 관리자도 어쩌지 못하는 건, 이런 물질의 성질을 활용한 공격이다.
 "가까이오지 마! 확 지져버려!"
 그래도 대꾸없이 계속 다가가는 민둥이42. 스프레이를 화염방사기처럼 만들어 공격하는데... 화염에 맞으면서도 동요하지 않는다. 마침내 람보르99가 든 스프레이 통을 쳐내는 민둥이42. 상황 끝이다.
 "아무렇지 않아요??"
 신기한 거라도 본 듯한 람보르99. 원더시티에 접속된 모든 인간은 제법 생생한 감각을 느낄 수 있다. 그런 상태에서 받는 공격 중, 뜨거운 감각이 제일 참기 힘든 거란 건, 경험해본 사람만 아는 사실이다.
 뇌신경을 자극하는 신호에 불과할테지만, 뜨거운 것에 데이는 순간의 감각이다.
 "매일 당해보면 적응 돼. 마지막으로 니 차들한테 인사 해. 다 없어질 거니까."
 "...저부터 먼저 보내주시면 안돼요? 도저히 못보겠어요."
 "여기 보세요~"
 갑작스러운 웬 남자애 목소리에 돌아보는 민둥이42와 람보르99.

잔디의 손에 들린 복어폭탄을 보고 그 자리에 얼어붙는다.
"그거 터트리면, 너 진짜 감옥간다~"
 곧바로 경고하는 민둥이42.
"그러니까 내 말 들으셔야죠?"
"어?! 너는?"
 수민의 아바타를 알아본 람보르99가 놀란다.
"물어볼게 있어서 왔어. 그 바이러스 폭탄들, 누구 짓이야?"
"...어떻게 알았어?"
 역시 뭔가 알고 있다! 마침내 테러범의 단서를 찾았다!
"바이러스 폭탄? 그게 무슨소리야?"
 둘 사이에 껴드는 민둥이42. 람보르99가 잔디에게 없애라는 눈짓을 보낸다.
"착각하지마. 난 니편이 아니야. 니 차들 살리고 싶으면, 누가, 왜, 어떻게 폭탄을 뿌리라고 했는지 전부 얘기 해."
 잔디가 손에 든 복어폭탄을 터트릴 듯 치켜올린다.
"테이커야! 테이커가 시켰어!"
"테이커가 누군데? 지금 어디있는데?"
 잔디의 다그침에 람보르99가 더듬더듬 대답한다.
"...원래 언더그라운드 1위 하던 놈이야... 해골 그려진 갑옷을 입고다니고... 어디있는지는 몰라. 항상 그 쪽에서 먼저 장소를 정해줘서 봤어. 드래곤마스터한테 다 **뺐겼다던**데, 복수라도 하려나보다 했지."
 람보르99가 말을 끝내자, 갑자기 모든것에서 빛이 빛나기 시작한다.
 생전 처음 보는 상황에 당황하는 일행. 잔디가 손에 든 폭탄을 확인하면, 아무렇지도 않다.
 "뭐하는 짓이야... 사실대로 다 얘기 했잖아!"
 "내가 아니야!"
 우왕좌왕 하는 사이, 빛이 시야를 뒤덮는다.

*

정신을 차리는 잔디. 원더시티 시내 한 복판이다.
눈앞에서 이벤트 미션 로봇이 빌딩을 부수고 있다.
어디서 본 기억이 있는 장면이다.
문득 뭔가 달라진 것 같아서 프로필 창을 확인하면,
기본형 청바지에 티셔츠 차림의 아바타.
민둥이42, 민원 처리반 관리자인 잔디 자신이다.
"안녕... 하세요?"
목소리도 돌아왔다. 이럴수가.
"업무 계속 합니다."
민원 관리자 때처럼 해보는 잔디.

> "9번째 민원입니다. 민원 323423.
> 프로그램 오류. 위험도 낮음.
> 이벤트 미션 로봇 초기화.

앞으로 17개 남았습니다. 힘내세요."

익숙한 업무지원 봇의 단조로운 소리가 흐른다.
'갑자기 나에게서 시작하고 있다... 이게 무슨뜻이지?'

'당신은 지금 미션 중입니다. 문제를 해결하세요.
문제를 해결하면 풀려납니다.'

도움 받았던 심리상담 내용이 대답하듯 머릿속에 떠오른다.
때마침 잔디를 알아보고 달려드는 미션 로봇.
격투기 게임에서처럼 훌쩍 공격을 피한 잔디. 다음 동작으로 명령어를 실행하여 로봇을 삭제한다!

'그래, 좀 전에 알아낸 단서. 그놈이 테러범이 틀림없어.'
관리자 검색창에 '테이커'를 입력해보는 잔디. 아무것도 뜨지 않는다. 해골 그려진 갑옷 입은 놈을 찾아다녀야 할 판이다.
'드래곤마스터'를 입력해보면, 프로필 사진과 함께 나타나는 정보들. 언더그라운드 랭킹 1위라고 뜬다.
'어디서 봤는데?...'
'열정'의 집에 온통 걸려있던 사진, 원더시티의 광고 모델 아바타. 테이커라는 놈이 이 원더시티 광고 모델에게 복수하려고 테러를 벌인 것이다.
문득 시간을 보면, 10시 20분이다. 시간도 어째 더 줄어들었다. 나로 돌아온건, 이제 반복은 없다는건가?
 그럴지도.
 빨리 움직여야겠다.

                        *

 오락실.
 여전히 게임중인 수민과 지우의 뒷모습이 보인다.
 "수민아."
 "악! 도망쳐!"
 잔디의 목소리를 듣자마자 튀어 도망가는 수민. 열리지 않는 오락실 문 앞에서 막힌다.
 관리자 기능으로 미리 공간을 폐쇄해놨다. 그리고, 당연히 로그아웃도 못하고 있을 것이다.
 "수민아, 엄마 말좀 들어볼래?"
 "싫어!!~"
 반항하기로 작정한 듯, 무기를 장착하고 전투자세를 취한다.
 "너, 람보르99한테 돈 받으려고 기다리던 거잖아."
 "엄마가 그걸 어떻게 알아?"
 "너 게임기로 게임을 했거든~"
 "내 게임기라고? 고장났는데??"
 고장난 게임기였다니... 갑자기 할 말이 없어진다.

"넌... 마법을 믿니?"
 그냥 머릿속에 떠오른 말이다.
"마법?"
"그래, 마법. 엄마는 지금 게임에서 아침 열 시부터 열두 시까지를 반복하고있어."
"그건 타임루프잖아~ 그럼, 앞으로 일어날 일을 안단 말이야?"
 고개를 끄덕이는 잔디. 수민이 경악하며 지우와 눈빛을 교환한다. 성공이다! 이야기를 믿고있다.
"너희가 언더그라운드에 뿌린 그 물약 때문에, 열두 시에 게임이 폭발하면서 다 죽어. 그 전에 이 일을 벌인 놈을 잡아야 돼. 엄마 좀 도와줄래?"
"조건이 있어."
"뭔데?"
"나 지우랑 앞으로 게임 해도 돼?"

 신영의 거실.
 신영이 나타나면, 한쪽에서 수민, 지우, 잔디 셋이서 쳐다보고 있다.
"누구... 세요?"
"안녕하세요 어머님. 제가 수민이 엄마에요."
"네에? 아니, 어떻게 알고 저를?..."
 신영의 고집을 겪어봐서 잘 아는 잔디. 기회는 이제 한 번뿐. 신영이 허락을 하면, 아이들의 협력은 보장된다.
"저, 여기 민원 관리자예요. 지우 찾으시죠? 지우랑 같이왔어요."
"누가 지우?..."
 어쩔 수 없이 손을 드는 빨간머리. 신영이 노려보자 수민의 뒤로 숨는다.
"잠깐 얘기좀 하시죠."
 신영이 잔디를 아이들과 떨어진 곳으로 끌고간다.

"물어보셨어요?"
"네?"
"학교에서 애들 왜 때렸는지 물어 보셨냐구요."
 맞다. 수민이 학교에서 사고를 쳤었지... 어쩐지 오래 전 일처럼 느껴지는 사건. 신영이 관심사가 온통 여기에 쏠려 있음이 느껴진다.
"애들이 마음의 문을 닫았어요. 예민한 시기에 마음에 상처 받으면 키도 안크고, 평~생 트라우마되는 거 아시죠?"
 어쩔 수 없이 애들을 팔 수밖에 없다.
"아니 뭐, 꼭 그렇게까지는 아닐텐데요..."
"걱정마세요, 그래서 준비한게 있어요."
"어떤 준비요?"
"아이들과 함께하는 이벤트요. '테러범을 잡아라!'"
"괜히 복잡하게 하지말고, 그냥 물어 보면 안되요?"
"제가 우리 수민이를 알아요. 같이 놀아주면서 달래야 말 할거에요."
"지금 애들하고 같이 게임을 하자는거에요?"
"네. 언더그라운드에서요."

신영의 표정이 굳는다.
 "알아요. 잔인하고, 끔찍한거. 저도 처음가요. 저 따라서 하는 척만 해주시면 돼요. 딱 열두 시 까지만."
 "저기, 제가 지금 업무중에 잠깐 나와서요... 할 일도 있고..."
 신영이 변명처럼 말을 하는데, 잔디가 수민과 지우에게 가 버린다.
 "앞으로 너네 둘. 게임 해!"
 잔디의 허락에 좋다고 소리지르며 뛰어다니는 수민과 지우. 당황해서 쳐다보는 신영에게 잔디가 눈 한쪽을 찡긋한다.
 "그만~ 이제 우리가 할 일은, 테이커란 놈을 찾아야 돼."
 잔디가 본론을 꺼냈다.
 "테이커? 테이커가 누군데?"
 "몰라??"
 일행에게 순간 정적이 흐른다.
 "...알만한 사람이 있지 않을까요?"
 잔디의 표정을 보던 지우가 말한다.
 "어... 드래곤마스터에게 하는 복수라고 했어."
 "드래곤마스터는 잘 알지."
 이제야 수민이 고개를 끄덕인다. 살았다.
 "어디있는지 알아?"
 "당연히 알지~ 언더그라운드 1원데."
 "그래? 가자 그럼."
 "언더그라운드 가본적도 없잖아. 어떡하려고?"

"너가 잘 아니까, 우리한테 가르쳐주면 되~지~?"
둘의 대화를 지켜보던 신영과 지우. 동시에 한숨을 쉰다.

*

수민의 아파트 거실.
"수민아, 너 이거 다 어디..."
신영이 선반 위에 쌓인 아이템들을 보자마자 표정이 굳어졌다.
"좀 있다가요. 나중에. 응? 나중에."
잔디가 재빨리 신영을 막는다.
"이정도면 될거에요. 입으세요."
잔디와 신영 앞에 골라온 아이템들을 던져놓고 가는 수민과 지우. 방어구와 무기들이다.
"뭐해요? 시간 없으니까, 빨리 입으세요."
아이템을 착용하던 잔디. 아무것도 안하고 서 있는 신영에게 말한다.
"제가 경찰입니다. 이거 어떻게 감당하려고 이러세요?"
"왜 때렸는지 알고싶으시다면서요. 애들이랑 같이 놀아야 대화를 할 수 있다니까? 잠입수사 몰라요?"
신영을 빤히 보는 잔디. 단 한 번의 기회로 모든 걸 다 성공해야 하는 상황이다보니, 언사가 거침없고 명확하다.

신영이 좋아하는 스타일이다...

 언더그라운드로 향하는 계단 앞.
 완전 무장한 수민, 지우가 마찬가지 모습의 잔디, 신영을 마주보고 서 있다.
 "시작때가 제일 위험해요."
 지우가 마지막 주의사항을 말하기 시작한다. 고수는 수민이지만, 지우도 설명할 정도는 된다.
 "...모래 지형이라 느려지고, 숨어있던 강도들이 덤벼들거든요? 걔네한테 죽으면 가진 장비랑 돈, 다 뺐겨요."
 "그런걸 언제 다 배웠어? 수민이 너가 얘한테 알려줬니?"
 튀어나와 쏘아붙이는 신영. 지우가 수민의 뒤로 숨어버린다.
 "그렇죠~ 애들이 참 대견하죠~ 수민이도 뭐좀 가르쳐 줘!~"
 신영과 아이들 사이를 벽처럼 막아서는 잔디. 수민에게 도움을 요청한다.
 "지우 말대로... 강도들한테 붙잡히면 빠져나오기 힘들어요. 시작하면, 그냥 언덕 위까지 무조건 달려요. 그리고 전투할때, 공격은 나랑 지우가 해요. 엄마랑 아줌마는 방어만 잘 하면 되요. 방어구 센걸로 줬으니까, 문제없을거에요. 알았죠?"
 고개를 끄덕이는 잔디, 팔꿈치로 신영을 찌르고... 신영도 마지못해 고개를 끄덕인다.
 꼼짝못하고 고수의 가르침을 받는 듯한 상황. 이미 격투기 게임을 배울 때 자존심을 버렸던 잔디에겐 이 상황이 익숙한데... 이런게 처음일 신영은 화를 참느라 애쓰는 중이다. 어쩐지 불쌍한 어른이 되버렸다.

"그리고... 혹시 모르니까 기술도 줄게. 지우야 너도 나눠드려."
 잔디앞으로 다가온 수민. 곧이어 눈앞에 처음보는 창이 뜬다.

-숨기
-도망치기
-기절시키기
-방어하기
-훔치기

"내가 가진 기술이야. 이 중에 갖고싶은 것 골라~"
"훔치기? 이건 뭐야?"
"상대의 기술이나 아이템을 훔치는 거. 성공확률이 30%니까 3~4번에 한 번 먹히는거야."
 훔치기를 선택하는 잔디. 그러자 민둥이42라고 표시된 창이 새로 뜨는데,
 '-훔치기'가 들어와 있다!

"다 됐으니까, 가요! 무조건 저만 따라오세요!"

모든 준비가 끝난 듯, 앞장서 가는 수민.
계단을 내려간다.

5장. 언더그라운드

몇 년 전. 어느 아파트 분리수거장.
 쓰레기 컨테이너 앞, 길바닥에 게임 헬멧이 부서진 채 나동그라져있다. 헬멧 위, 해골 스티커가 붙어있다.
 좀 떨어진 곳에는 벗어 던진 듯한 교복 재킷과 책가방이 온통 널브러져 있다.

 근처의 버스 정류장.
 중학생쯤으로 보이는 남자애가 버스에 올라탄다.
 등교시간에 책가방도 없이, 셔츠를 풀어헤친 모습.
 고개를 푹 숙인 채 곁눈질하는 승객들을 지나친 남자애.
 맨 뒷자리에 앉는다.
 주머니에서 수첩과 펜을 꺼내, 뭔가 끄적이기 시작한다.
 해골 모양의 그림. 헬멧에 붙어있던 그 해골이다.
 그다음, 제목처럼 커다랗게 쓰는 글자는...

〈테이커의 탄생〉

 그로부터 1년 후, 어느 날.
 방문 앞에서 대기중인 한 무리의 경찰 특공대원들.
 손가락 신호가 끝남과 동시에 문을 박살내고 들어가면,
 책상 앞의 은둔형 아저씨 한 명이 기겁하며 양손을 들어올린다.
 켜져있는 컴퓨터 화면 앞으로 달려드는 경찰1.
 재빨리 컴퓨터를 조작하여 뭔가를 살피려 하면, 갑자기 화면이 깨지며 글자들이 나타난다.

'돈 잘 쓸게요~'

"속았습니다. 여기서 부터는 해외로 가야하는데, 어떡할까요?"
지켜보고 있는 팀장을 향해 말하는 경찰1.
대답이 없는 팀장. 화면을 이리저리 떠다니는 글자만 말없이 노려본다.

다시 시간이 흐른 어느 날. 원더시티 게임방.
빈 그릇을 잔뜩 담은 카트를 끌고 카운터로 들어오는 직원1. 직원2가 놀라서 쳐다본다.
"13번 방 맞지? 여기서 아얘 사네~ 고등학생으로 보이던데, 어디서 돈이 났데?"
"코인 대박 났나보지 뭐~ 참, 나 저번에 원더시티에서 어떤 애를 만났는데..."
뭔가 흥미로운 게 생각난 직원1, 카트를 한쪽에 버려두고 이야기를 시작한다.

13번 방의 모습.
게임 헬멧을 착용한 채 게임 좌석에 앉아있는 어떤 사람. 얼굴은 보이지 않지만, 입고 있는 옷에 직접 그린 듯한 해골이 그려져있다. 그가... 테이커다.

*

 모래 언덕 중간쯤에 갑자기 나타난 잔디 일행.
 모래와 함께 경사를 흘러내리기 시작한다.
 언더그라운드 시작지점이다. 수민이 말했던대로 인 것 같은데...
 아래쪽을 보는 잔디.
 입맛을 다시며 기다리고 있는 거대한 벌레가 보인다!
 "엄마! 빨리와!~"
 수민이 외치는 소리에 정신을 차리는 잔디.
 언덕 위를 향해 앞장서 가는 수민과 지우. 그 뒤를 잔디와 신영이 쫓아가기 시작한다.

 어디선가 나타나는 복면을 쓴 무리. 강도들이다.
 모래가 흘러내리는 경사를 상당히 빠른 속도로 가로지르며 다가오는데...
 점점 뒤처지던 잔디. 강도들에 붙잡히기 직전, 수민이 뛰어들어 물리친다!

 서로 부축하며 겨우 언덕 위에 올라서는 잔디와 신영.
 쫓아온 강도를 수민과 지우가 손발을 맞춰 해치운다. 고수답다.
 이제 주변의 네 방향으로 숲, 사막, 돌밭, 바다로 향하는

각기 다른 길이 보인다.
 상황을 정리한 후, 숲 쪽을 향해 가는 수민.
 입구에 서 있는 팻말을 터치하면, 일행의 앞에 숲 지도가 떠오른다.

 "저게 드래곤마스터의 성이에요. 뛰어서 5분 거리인데, 길에 숨은 몬스터들을 잘 피해서 가야돼요."
 지도 가운데에 위치한 성을 가리키며 수민이 설명한다.
 "가다 몬스터한테 걸리면?"
 잔디가 신영의 눈치를 살피며 묻는다. 아무말 없이 잘 따라와야 할텐데... 분위기가 심상치 않다.
 "당황하지만 마세요. 우리가 충분히 잡을수 있어요. '미친인형'이라고, 줄무늬 옷 몬스터만 조심하면돼요. 얘는 무조건 도망쳐야돼요. 운 좋으면 한 번에 성까지 갈 수도 있으니까, 너무 걱정하지 마세요. 이제 가요. 가자 지우야!"

 열대림이 울창하게 우거진 숲길.
 앞장서 달려가는 수민과 지우의 뒤를 신영과 잔디가 따라서 뛰어간다.
 주변에서 깜빡거리며 나타나는 몬스터들을 이리저리 피해야 하는데, 너무 쉬워서 허탈할 정도다.
 "별것도 아닌데 긴장했었네요~"
 잔디가 괜히 신영에게 말을 걸어본다.
 "저기, 생각해보니까 애들이 지금 어디있는지도 모르는거 아세요? 지금 알아볼 수 있죠?"

짐작대로 신영의 머릿속이 복잡한 것 같다.
"알겠어요. 잠시만요."
위치정보를 찾기위해 관리자 명령어를 시도하는 잔디.
...아무런 반응이 없다.
'어?! 왜이러지?'
이것저것 살펴보면, 모든 관리자 기능이 비활성화 상태다.
'설마, 언더그라운드에서 관리자 기능을 못쓰는...'
그러고보니 민원 업무는 원더시티에서만 했었다. 낭패다.
그러면 테이커를 잡을 때도 다른 방법을 써야 한다는 말인데... 잠깐 정신이 팔렸던 잔디. 앞에 나타난 몬스터를 미쳐 피하지 못한다.

'번 쩍!' 빛나며 정지하는 주변 풍경.
일행 앞, 다람쥐 모습의 몬스터가 등장한다.
이어 사방으로 흐릿한 불투명의 장벽이 생겨나더니, 경기장처럼 제한된 공간이 완성된다.

    [상태]
    생명력: 50/50
    공격력: 15+5
    방어력: 10+20

    [커맨드]
    -공격하기

-도망가기
　　　-방어하기
　　　-훔치기

 눈앞에 나타난 상태 창을 혼란스럽게 바라보는 잔디.
 "저희가 알아서 하니까, 그냥 '방어하기' 누르세요. 시작할게요~"
 수민이 외치는 소리에 그냥 따라서 한다.
 전투가 시작되면, 먼저 공격하는 다람쥐.
 잔디를 앞발로 할퀴면, 방어를 했는데도 순식간에 에너지 절반이 줄어든다. 장난이 아니다.
 반복할 수 없는 단 하나의 목숨이 위험하다...
 "지우야, 물약."
 말하며 장검으로 다람쥐를 공격하는 수민.
 지우가 자기 차례에 잔디를 회복시키면, 한 턴이 다 돌아간 듯, 눈앞에 다시 상태 창이 나타난다.
 아무 말이 없어 물어보려다 마는 잔디.
 똑같이 방어를 선택 하면, 또 다람쥐가 먼저 시작이다.
 스스로를 회복시킨 후, 잔디를 공격하는 다람쥐.
 한 번에 두 가지 하기는 반칙 아닌가? 심지어 더 심한 타격을 먹은 잔디가 죽기 직전 상태로 빨갛게 깜박인다.
 "이런, 귀여운 다람쥐네~ 이번엔 엄마도 '공격하기' 눌러. 오케이?"
 어쩐지 이 상황을 즐기는 것 같아 보이는 수민. 잔디가 실수로 방어를 선택하고 차마 대답을 못한다.

"어?! 어떻게... 공격 눌렀어..."
뒤에있던 신영까지 실수를 해버렸다.
'다람쥐야, 제발 먼저 공격하지만 말아줘!'
간절히 기도하는 잔디. 만약 잘못돼서 여기서 죽는다면, 진짜 영영 게임에 봉인된 것처럼 갇혀있을지도 모를 일이다...
살았다! 세 번째 턴을 수민이 시작한다.
수민의 장검으로 한방 먹이고, 지우의 삼지창 공격이 이어진다.
빨갛게 깜박이는 다람쥐. 다음은... 신영의 공격이다.
활을 겨눠 다람쥐에게 발사하는 신영.
'적중!'이라는 메시지와 함께 다람쥐가 사라진다.
동시에 환호하는 일행!
어쩐지 하나가 된 기분. 처음으로 게임의 매력을 알 것 같은, 그런 기분이다.

다시 숲길.
지도창에 표시된 위치가 성으로 가는 길의 중간지점을 지나는 모습.
어디선가 낮게 긴장감이 고조되는 듯한 연주곡이 들려온다. 아까까지는 전혀 눈치채지 못했던 소리. 나타나는 몬스터들도 어딘지 조금 수가 많아지고, 빨라진 듯 하다.
뭔가 바뀌고있다.
어느 순간, 맨 뒤에서 따라오던 신영이 몬스터에게 붙잡힌다.

번쩍! 하며 일행 앞에 나타난 건, 늑대인간 모습의 몬스터. 손에 들고있는 거대한 낫이 어쩐지 불길하다.
"저건 막아도 죽을것 같은데?"
"방법이 있지."
방법이 있다는 건, 죽는게 맞다는 말인가?
뭐라고 할 새도 없이 아이템을 바닥에 던지는 수민. 연막탄처럼 주위에 연기가 퍼지고, 전투가 끝난다.

다시 길을 달리는 일행.
"이상해요, 이러고 있으니까, 여기... 진짜 살아있는 곳 같아요. 어머님, 물어볼게 있는데... 솔직하게 말해주세요."
신영이 뭔가 작정한 듯 묻는다.
"테러 얘기, 진짜죠?"
"아뇨? 그냥 게임이에요. 게임."
"...애들한테 왜 싸웠는지 물어봐야겠어요."
"여기부터 나간 다음에 해요? 네?"
신영을 설득하려는 잔디. 뭔가 어중간한 상황이 이어지는데...
"아니요. 지금 해야되요. 얘들아! 잠깐 서봐."
신영의 외침에 달리던 지우와 수민이 멈춰서 돌아본다.
"너, 학교에서 왜그랬어?"
쫓아가서 다그치는 신영.
갑작스러운 상황에 지우가 말을 못하고 벙 쪄있다.
"왜 말을 못해? 수민이 때문에 그러는거야? 그럼 수민이 너가 말해봐. 왜그랬어?"
 그나마 다행은, 제자리에 멈춰 있으면 몬스터들도 덩달아 움직임이 없어지는 것 같다.
 "엄마... 사실은요, 제가..."
 수민 대신 말을 하려는 지우.
 "됐어 지우야. 말 하지마. 여기서 서 있으면 위험해요. 계속 움직여야돼요."
 "왜 그랬냐고 아줌마가 묻잖아!"
 수민에게 소리치는 잔디. 신영을 도와준다기 보단, 수민에 대한 분노가 담겼다.
 "엄마나 아줌마나 다 똑같아!! 자기들 시키는대로만 하라하고. 다른건 아무것도 못하게 하고. 여기선 그렇지않아. 우리들이 뭐든지 할 수있어!!!"
 수민에게 대답이라도 하듯 갑자기 주변에 생겨나는 장벽들.
 전투상황으로 변한다.

 일행 앞에 등장한 삐에로 모습의 몬스터. 줄무늬 옷을 입었고, 웃고있다.
 "미친인형이다..."
 멍하게 중얼거리는 수민.
 "도망치라며? 안 도망가고 뭐해?"
 "도망칠려면, 한 명이 남아야 돼..."
 수민의 대답에 순간 정적이 흐른다.

"내가 남을게."
 불쑥, 아무렇지 않게 말하는 신영.
 "가 지우야, 나중에 얘기하자. 아이좀 부탁드려요 어머님~"
 안도의 한숨을 쉬는 수민. 신영을 남긴채 '도망치기'를 실행한다.

 지도 위, 거의 성에 가까워진 현재위치.
 "괜찮아? 얼마 안남았어~ 가자."
 수민이 지우를 토닥이며 말한다.
 "못가겠어."
 "미친인형이야. 가면 죽어."
 답이 없는 지우.
 "아 진짜, 왜그래 지우야~ 우린 테러범 잡아야 되잖아!"
 "미안해. 엄마 저렇게 두고 갈 순 없어."
 돌아서는 지우. 길에 멈춤 상태로 있는 신영의 아바타로 다가가 터치하면, 감쪽같이 사라진다.
 신영의 전투에 참여해버렸다.
 지우를 따라가려는 수민을 붙잡는 잔디.
 "놔! 놓으라고!!~"
 "안돼! 이러다 진짜 다 죽어!"
 뿌리치려고 발악하는 수민을 잔디가 필사적으로 붙잡는다.
 전투가 끝난 듯, 사라지는 신영의 아바타.
 잔디, 멍해진 수민을 성 쪽 방향으로 끌고 간다.

*

드래곤마스터의 성.
잔디가 문을 두드리면, 문지기 봇과의 대화가 시작된다.
용케도 수민을 무사히 끌고왔다.
"안녕하세요. 어떤 용무로 오셨나요?"
역할이 성 문지기일 뿐, 다른 지원 봇들과 똑같다.
"성주님 뵈러 왔습니다."
"주인님께선 지금 외출중이십니다. 다음에 다시 방문해 주세요."
"지금 어디 계세요?"
"해당 정보는 공개할 수 없습니다. 안녕히가세요."
"성주님 어딨는지 꼭 알아야 해요. 원더시티의 운명이 달린 일이에요."
"해당 정보는 공개할 수 없습니다. 안녕히가세요."
"나 민원 관리자야! 너네랑 같은편이라고!!"
"언더그라운드에는 민원 관리자가 없습니다. 안녕히가세요."
맞다... 관리자기능도 전혀 써먹을 수가 없고... 잔디가 더 이상 할 말이 없어졌다.
"안되겠다, 수민아. 드래곤마스터 찾을려면 어떻게 해?"
계속 아무 말도 안하는 수민.

"이제 그만하고, 엄마 좀 도와 줘, 응?"
 갑자기 수민이 숲 쪽을 향해 간다. 어쩔수 없이 쫓아갈 수 밖에 없다...

 숲길.
 좀전의 아픈 기억이 남아있는 길을 말없이 걸어가는 수민.
 "수민아! 야!"
 잔디가 붙잡아 세우려고 하면, 수민이 뛰기 시작한다.
 따라서 뛸 수 밖에 없다.
 "좋아~ 이러다 몬스터 안 나타나면, 너 그땐 내손에 죽는다!"
 마지막 경고를 외치는 잔디. 서슬에 질린 수민이 마침내 멈춰선다.
 "너... 어디 가는거야?"
 "드래곤마스터 찾으러 가잖아!"
 "혼자 가서 뭐할건데?"
 "엄마랑 같이 있기 싫어."
 "싫어? 너 내가 게임 하지 말라고 했어 안했어? 너 때문에 이러고있는데, 뭐? 싫어? 게임에서 도둑질 하고, 학교가서 애들 패고, 니가 사람새끼야!"
 "지우 괴롭히는 애들을 때린거야! 그리고 난 게임을 사랑한다고! 엄마가 못하게하니까 그렇지!"
 "애들이 지우를 괴롭혔다고?"
 "지우가 나한테 죽고싶다고 그랬어. 그래서 싸운거야. 지우 살리려고 싸운거라고!"

비로소 그날, 수민이 학교에서 벌인 일이 이해가 된 잔디. 문제는 지금 그게 중요한게 아니란 거다.

 "...수민아. 테이커 못잡으면, 친구고 뭐고 다 끝나. 이번 한 번만. 엄마 말 좀 듣자. 응?"
 "엄만 내말 안듣잖아. 내말 좀 듣자. 어?"
 "수민아~ 그러지말고..."
 "마을까지 달릴테니까, 안죽으면 생각해볼게."
 또다시 무작정 뛰기를 시작하는 수민. 잔디가 어쩔 수 없이 수민을 쫓아 뛰어간다.

 던전마을 광장.
 분수대 앞에서 멈춰서는 수민.
 주변을 돌아다니는 아바타들로 광장이 제법 붐빈다.
 "됐냐 허수민? 이제 다했어?"
 한풀 누그러진 잔디. 운 좋게 몬스터들과 마주치지 않았다.
 "이게 항상 엄마가 나한테 하는식이야. 어때? 내심정 이해돼?"
 수민이 빤히 쳐다보며 거침없이 말한다.
 "그래... 엄마가 미안해."
 "응. 나도 미안해. 됐지?"
 말하고 딴데 쳐다보는 수민에게 울컥 화가 치민 잔디.
 버르장머리없는 뒤통수를 한대 때려주려고 손을 들어 올리다가... 마지막 순간에 겨우 참는다.

"저 집 보이지?"
 수민이 가리키는 곳을 보면, 칼과 방패 그림이 그려진 간판을 단 건물이 있다.
 "던전에서 온 사람들이 들르는 무기상점이야. 저 근처에서 물어볼거야."

                            *

 무기상점 앞.
 지나다니는 아바타들에게 말을 걸려고 시도하는 수민과 잔디. 하지만, 아무도 상대해주지 않는다.
 12시까지... 40분 남았다.
 "수민아, 날 쳐."
 갑작스러운 잔디의 말에 이상하게 쳐다보는 수민.
 "해, 빨리!"
 머뭇거리다, 할수없이 잔디를 한 대 치는 수민.
 "계속 해! 액션 크게!"
 잔디의 발악이 이어지고... 지나가던 아바타들이 멈춰서서 이들을 구경하기 시작한다.
 "무슨일이에요?"
 "몰라요 어른이 애한테 때려달라고 하네요. 쯧쯧쯧..."
 무기상점에서 나오다 이 광경을 본 던전사냥꾼.
 수민이 잔디를 다시 치려는 순간. 둘 사이로 던전사냥꾼이

끼어든다.
"왜왜. 뭣땜에들 그래요?"
"아~ 감사합니다! 드래곤마스터를 찾고있어요~"
잔디가 반갑게 말한다.
"이러는게 그거랑 뭔 상관이예요?"
"상관없어요. 드래곤마스터, 지금 어딨는지 아세요?"
잽싸게 나서서 빠르게 말을 이어가는 수민.
"드래곤마스터? 보스방 쪽에서 봤는데?"
갸웃거리면서도 대답해주는 던전사냥꾼. 운좋게 친절한 사람이 걸렸다.
"혹시, 순간이동 통로 있으세요?"
"있죠~ 지금 갈껀데 갈려면 따라오시든가."
이럴수가... 수민이 해냈다!
말이 통하는 사람을 만나서 목적지까지 가는게 한 방에 해결됐다. 던전사냥꾼의 뒤를 따라간다.

오색찬란한 차원의 물결이 흐르는 모습.
순간이동 통로를 지나는 찰나의 느낌은... 잠깐의 무중력 상태처럼 편안했다. 밖으로 나오면, 던전 통로다.
"저쪽으로 가면 보스방 나와요. 행운을 빌어요~"
방향을 가르쳐 준 후 훌쩍 떠나는 던전사냥꾼.
잔디가 아직도 신기한 듯 주위를 두리번거린다.
"너도 순간이동 통로 만들 수 있어?"
"만드는게 아니라, 아이템이야. 던전에서 꼭 필요한 아이템. 급할때 어디든 원하는 데로 갈수있거든."

두루마리 모양의 아이템을 하나 건네는 수민. 이게 순간이동 통로를 여나 보다.
 "여기도 아까처럼 깜박이는 놈들 피하는거야?"
 "아니, 여기는 그런거 없어."
 "그럼 뭐가있는데?"
 말하는 도중 어디선가 들리기 시작하는 맹수의 그르렁거리는 소리. 점점 가까워진다.
 "뛰어!!!"
 동시에 소리지르며 보스방을 향해 뛰는 둘.
 여기까지 왔는데, 이제와서 죽을 순 없다!

6장. 절대검

1년 전.
서울 도심가 뒷골목.
30대로 보이는 양복 차림 남자와 머리가 떡진 중년 남자가 마주 서 있다.
중년남은... 잔디의 가족 사진 속 남편, 현수다.
보는사람 없나 주변을 한 번 더 확인하는 양복남. 안주머니에서 웬 카드를 한 장 꺼내 현수에게 건넨다.
돈 같은 느낌으로, 선물상자 아이콘 그림과 금액 표시가 붙은 모습. 편의점 같은데서도 판매중인, 원더시티의 게임 기프트 카드다.

"뭐냐 이게?"
황당한 표정으로 되묻는 현수.
"엄청난 일이죠~ 형을 위해서."
"아니 쫄쫄 굶고있는 사람 불러놓고, 게임을 하라고?!... 내 돈 내놔."
양복남의 멱살을 잡으려고 하는 현수. 하지만 마음 뿐, 그 손길을 양복남이 가볍게 피한다. 굶었다더니, 정말 굶은 사람 답게 맥아리가 없다.
제풀에 넘어질 뻔한 몸을 간신히 가누는 현수.
"그거~ 형 빚 다 갚고, 몇 배는 더 벌 수 있는 거예요."
양복남이 한심하다는 듯 현수를 보며 말한다.
"필요 없으니까, 내 돈 내놔 이 사기꾼 새끼야!"

양복남은 현수의 고등학교 후배다.
 어느 날. 원더시티 운영진이 되어 현수의 PC방에 나타난 그. 가만히 앉아서 돈을 벌었다는 말에, 현수가 완전히 넘어갔다. 돈이 급하진 않았지만, 더 있으면 좋겠다고 생각하던 차였다.
 원더시티와 관련된 어느 해외기업의 코인 프로젝트 투자 건. 양복남이 알려준 대로만 하면, 평생 돈 걱정 없이 살 수 있을것 같아 보였다.
 양복남이 시키는 대로 지인들을 동원하고, 집 담보 대출까지 끌어당겨서 올인 했는데...
 본전은커녕, 다 날렸다.
 그 해외기업이 있던 나라에 내전이 터졌다고 했다.

 그 길로 집에서 도망 나온 현수. 양복남에게 투자 원금을 돌려받을 희망 하나만을 의지한 채, 기약 없는 노숙 생활을 시작했다.
 아쉬울 게 없는 양복남은 당연히 건재했다. 투자자를 모아오고 투자금을 댄 건 현수지, 자신은 아니었기 때문이다.
 그가 왜 하필 현수를 꼬드겼는지는 미스터리.
 살기위한 유일한 길은 양복남에게서 돈을 돌려받는 것뿐이라고 생각했던 현수. 투자 건이 공중분해 된 후 양복남이 아예 연락을 안 받자, 삶이 무덤으로 변했다.
 서서히 죽어가고 있었던 현수 앞에 그 양복남이 갑자기 다시 나타난 것이다.

"그 안에, 절대검 이란 아이템이 있어요. 그걸 테이커라는 놈한테 휘두르기만 하면 끝나요. 그러면 형이 언더그라운드 1위가 되는 거구요."

 원더시티에서 언더그라운드 1위라는 의미는... 쉽게 말해 전교 1등 이다. 원더시티의 랭킹 1위 게이머가 된다는 말이다.

 현실과 같은 삶을 메타버스에서 누린다고 광고하는 원더시티는, 사실은 게임 내의 또 다른 전투 게임, 언더그라운드의 보조 역할 정도일 뿐이다. 사업 구조로만 봐도, 원더시티에서 발생하는 수익의 80%이상이 언더그라운드에서 나온다. 그 대부분이 전투용 아이템 판매다.

 미안했었던 걸까? 정말 혹 한 제안을 하는 양복남.
 현수의 표정변화를 읽은 양복남의 얼굴에 불길한 미소가 떠오른다.
 "그 이후 수익은 8:2에요. 우리가 8, 형이 2. 알았죠?"
 "이 일을 하는 진짜 이유가 뭐야?"
 생각을 굴리던 현수가 양복남을 미심쩍게 쳐다본다.
 "말 안통하는 놈, 말 잘 듣는 놈으로 바꾸는 거예요. 그게 형이 되는 거고. 형은 진짜 저 때문에 이런 기회를 잡으시는 거예요."
 "돈 다 날리고 노숙하는 사람한테, 돈은 안주면서~ 너, 솔직히 말해. 이거... 잘못하면 죽는일이지?"
 현수가 양복남을 떠본다. 어쩌면 지금 이 상황으로 오기 위해 자신을 이렇게 만든 것도 같다는 생각을 하면서...

"하기 싫으면 줘요. 할사람 줄섰으니까."

눈앞의 양복남이 냉정하게 돌아서려고 한다. 역시... 거절할 수가 없는 제안이다. 죽는다면 죽을 수 밖에.

"내가 할거야! 한다고!"

지금의 이 세상에서, 모든 권력과 욕망은 원더시티가 갖고있다. 머리로는 거절하고 싶지만, 혀가 반대로 움직인다.

"전에 데려오셨던 친구분들도 필요해요. 그분들하고 연락되시죠?"

그날 저녁. 어느 편의점 앞.

테이블 두 개를 붙여 둘러 앉은 다섯 명의 중년들. 현수를 제외한 나머지 네 명이 열심히 컵라면을 먹고있다. 현수의 고등학교 후배, 또는 PC방 단골들이다.

"먹으면서 들어~ 여기 상구도 그렇고, 나도... 여기 모인 우리는 전 재산을 날렸지. 열 배는 벌 생각이었는데, 다 날리니까 죽을 맛이지?"

대꾸없이 현수를 노려보는 일행들. 라면먹는 소리만 들린다.

"나한테 다시 시작할 기회가 들어왔어. 원더시티 일이야."

원더시티라는 소리에 순간적으로 일행의 관심이 쏠리며 조용해진다.

"원더시티 일이라뇨? 원더시티에 있는 은행이라도 털어요?"

현수 옆에있던, 상구라고 이름불린 중년이 놀란다.

"언더그라운드 1위 하는 놈을 제거하는 일이다."

현수의 대답에 여기저기서 코웃음 치는 소리가 들린다.
"허... 언더그라운드 1위를 무슨 수로? 우리는 입구에서 다 죽을 걸?"
멍하게 중얼거리는 중년남1.
현수가 양복남에게 받은 아이템 카드를 꺼내 일행의 눈앞에 들어보인다.
"회사에서 장비를 줬어. 이 안에 다 있어."
"뭐야 그 사람들, 그런 짓도 해?~ 참 고매한 분들이네..."
중년남2가 비꼰다.
"고매? 고마운 분들이라고?"
중년남3이 못알아 들었다.
"고매. 고추가 맵다고. 한자잖아~ 좀 공부좀 해요."
다시 중년남1이 거든다.
"우리가 자리를 차지한 다음엔, 직원처럼 출퇴근 하면서 월급받고. 어때?"
이미 일을 성공이라도 한 것처럼 말투를 간드러지게 바꾼 현수. 일행이 못들은 척 딴청들을 피우는데...
한명한명의 안색을 살피던 현수가 쓴 웃음을 짓는다.
"오 케이. 그럼 하는걸로~"
다 함께 말없이 라면을 먹기 시작하는 일행.
"근데요 형, 우리들 게임비는 있으세요?"
상구가 문득 생각난 것처럼 묻는다. 오늘 라면값을 낸 사람도 상구다. 이들은 핸드폰도 없는, 신용불량자 신세들인 것이다.

"후불 몰라? 이 게임 끝나면 돈 바로 생겨. 자 갑시다들."
 현수가 괜히 성질을 내며 일어선다.

                               *

 성 앞 광장에 5:5로 마주선 아바타들.
 현수가 일행과 함께 언더그라운드 1위, 테이커를 찾아 왔다.
 본인인 듯한 중년 남성 모습에, 아무 표시가 없는 기본형 방어구를 착용한 쪽이 현수네. 각양각색의 개성넘치는 아바타에 해골마크가 그려진 방어구를 장착한 쪽이 테이커와 그 조원들이다.
 아이템 능력치로 판가름나는 언더그라운드의 전투에서, 한눈에도 고수와 하수의 격차가 느껴지는 모습.
 테이커가 성주로 있는 성 앞에서 팀 대결이 벌어지기 직전이다.
 "우리 둘만 붙을까요? 아님 전부 다?"
 꼴에 현수가 별일도 아니라는 듯 말한다.
 "그냥 그쪽이 저한테 다 덤비세요."
 얼굴이 검은 고양인 아바타가 대답한다. 테이커다.
 씨익 웃음짓는 현수. 그제서야 절대검을 꺼내 들면, 허접한 현수의 아바타와 어울리지 않는 멋진 장검의 모습. 범상치 않은 포스를 뿜는다.

"우와~ 검이 엄청 멋지세요!"
 무심결에 칭찬을 하고있는 테이커. 다른 테이커의 조원들도 모두 현수가 들고있는 검에 시선을 빼앗기는데...
 대꾸없이 테이커를 향해 절대검을 휘두르는 현수. 가로막은 방어구가 한 방에 박살난다. 엄청난 파괴력이다...
 "어?!"
 멍한 채 제자리에 서 있는 테이커를 다음 동작으로 박살내는 현수.

'새로운 성주 탄생!'

시선위로 나타났다 사라지는 짤막한 메시지.
현수와 일행이 일제히 환호한다.

얼마 후. 원더시티.
길가의 키오스크 앞에 검은 고양이 아바타가 서 있다.
테이커다.
기본 아이템인 야구모자에 티셔츠 차림을 한 채 화면의 선택 메뉴를 쳐다보고 있는 모습.
절대검에 맞아 초기화가 됐는데...

〈안녕하세요 원더시티 민원 키오스크 입니다.〉

 -불편사항 신고
 -문의 및 건의

-회원상태변경
　　-원더시티 서포터즈
　　-상담원 연결

'-불편사항 신고'를 누르는 테이커.
키오스크가 사라지고, 원더시티 유니폼 차림의 상담 봇 아바타가 나타난다.
"안녕하세요~ 어떤 일을 도와드릴까요?"
"네. 제가 해킹 피해를 당한 것 같아서요."
"고객님의 아이디가 조회되지 않습니다. 감사합니다. 안녕히 가세요."
말을 마치고 사라져버리는 상담 봇.
한동안 그 자리에 가만히 서 있는 테이커. 조금씩 낄낄대며 웃기 시작한다. 미친것 같은 웃음이다.

　　　　　　　　*

다시 현재.
앞에 뭐가 있는지 알수없게 구부러진 채 계속 이어지는 던전 통로.
그 동굴같은 길을 잔디와 수민이 미친 듯이 뛰어간다.
뛰면서 계속 뒤쪽을 살피는 잔디. 점점 간격을 줄여오던 던전 몬스터가 마침내 드러낸 모습은... 호랑이다.

물러설 곳이 없는 외길에서 호랑이 몬스터에게 잡아먹히기 직전의 상황. 오마이갓... 이건 진짜 리얼한 악몽 체험같다.

투두두두두... 콰앙!~

 갑자기 눈보라가 통로 가득 소용돌이 치더니, 몬스터에 직격하며 터진다. 역시 고수! 수민이 딱 적당한 때에 아이템을 썼다.
 눈발이 가라앉으면, 몇 걸음 뒤 쪽에 얼음 속에 갇힌 상태로 멈춰선 던전 몬스터의 모습. 제정신을 차릴 여유가 겨우 생겼다.
 생각보다 크진 않지만, 호랑이는 호랑이. 움직이지 못하는 상태인데도 무섭다.
 "딱 한 개 있던 아이템이야. 빨리 보스방이 나와야 할텐데..."
 "쟤한테 붙잡히면 어떻게 되는데?"
 "게임 오버야."
 수민의 말이 끝남과 동시에 깨지기 시작하는 얼음. 그 속에 갇힌 몬스터가 몸을 움직이면서 빠르게 언 상태를 벗어난다.
 "뛰어!"
 수민의 외침에 반사적으로 다시 뛰는 잔디.
 마침내 구부러진 길이 끝나고. 직선으로 이어진 길이 나타난다. 좀 떨어진 길의 끝, 막다른 곳에 거대한 문이 있는 모습. 저기가 보스방인것 같은데...
"저 문! 어떻게 열어!"
"그냥 가~ 악!!"
 점점 빠르게 쫓아오는 몬스터 때문에 대답이 아닌 비명을 지르는 수민. 막다른 곳의 거대한 문에 거의 다 가까워졌는데... 눈을 꽉 감고 문을 몸으로 들이받아버린다!

*

 뭔가 조용하다.
 눈을 살며시 떠보는 잔디. 어찌된 영문인지 문 안쪽이다.
 보스방에... 들어왔다.
 이들이 문을 넘어섬과 동시에 제자리에 멈춰서는 던전 몬스터. 언제 그랬냐는 것처럼, 다른 곳으로 가버린다.
 역시, 이곳이 게임은 게임이다...
 보스방 한 가운데. 아이스크림과 오징어를 합친것 같은 몬스터의 모습. 그 흘러내리는 보스를 둘러싼 채 타격중인 다섯 명의 아바타가 보인다.
 착용한 갑옷에 그려진 용 문양의 표식.
 이들이 드래곤마스터 클랜일 것이다.
 싸우는 소리와 이들의 대화소리가 섞여 들려온다.
 "...나이스... 쫌만더... 그렇지... 오케이..."

"어? 물약 다떨어졌다. 물약좀줘... 땡큐~ 자 조금만 더 힘 냅시다! 오늘 점심때 맛있는거 먹어야죠!"
 한창 정신없는 이들의 뒤쪽으로 다가서는 잔디.
 "저기요~ 드래곤마스터님 계세요?"
 잔디의 소리에 조원1이 돌아본다.
 "여기서 방해하시면 안돼요~ 나가주세요~"
 "열정 때문에 왔어요!"
 이럴려던게 아닌데... 상대가 짜증스럽게 나오니 저도모르게 약점으로 협박하는 꼴이 되버렸다. 어쨌든 드래곤마스터를 스토킹한 '열정'을 잘 이용해야 한다.
 "나가시라구요!!"
 열정이라는 말에 잔디쪽을 보는 조원2.
 "형, 열정이라는데요?"
 조원2가 옆의 누군가에게 말한다.
 "잠깐 갔다올게, 계속 하고 있어봐~"
 그가 앞에 서면, 성배라도 치켜 들 것 같은 중세 기사 모습의 아바타. 언더그라운드 1위, 드래곤마스터다.
 열정의 집에 도배된 사진에서 본 그 아바타가 맞다.

 "무슨일이죠?"
 "당신 스토킹한 열정, 다시 만나고 싶지 않죠?"
 정말 이러고 싶지 않았는데... 시간이 없으니 손에 쥔 카드를 바로 쓸 수 밖에 없다. 유령같은 테이커에게 데려다 줄 사람이 이제 이놈 밖엔 없다.

드래곤마스터 앞에다 열정의 자료라도 들이밀면 더 좋을 텐데, 관리자 명령이 먹통이다. 말로 다 해야한다.
 "좀 전에 처리됐는 메시지 받았어요. 누구세요?"
 "지금부터 내가 하는말 잘 들..."
 "아빠?!"
 갑자기 옆에있던 수민이 이상한 말을 한다. 아빠라니?
 잠깐만, 아무리 아바타를 꾸며놔도, 여기서 쓰는 목소리는 게이머 본인의 목소리다. 뭔가 거슬린다 했더니... 현수의 목소리였!
 눈앞에 있는 드래곤마스터, 아니 현수가 일시정지라도 된 듯 멈춰있다.
 "상구야, 잠깐 여기좀 맡아줄래? 화장실이 급하네..."
 뭔가 심하게 떨리는 듯한 현수의 목소리.
 "너... 여태 여기서 이러고 있었던 거야?"
 잔디가 첫 마디를 꺼낸다.
 "아니 누구신데 이러세요?"
 심상치 않은 분위기를 감지한 상구. 둘 사이를 비집고 막아서는데...
 "잔디야, 내가 다 설명할께. 상구야, 잠깐 자리좀 비켜줄래?"
 "야!!!"
 힘껏 소리지르는 잔디. 지난 1년 간의 모든 감정을 한 음절에 담았다.
 "이건 게임이 아니라 일이야~ 돈 버는 일. 나도 돌아가려고 돈 벌고 있었다고! 상구야, 우리 그동안 돈 얼마나 벌었는지 말좀 해줘."

 제정신을 차린 듯, 곧바로 받아치는 현수. 뭘 하고 돌아다녔길래 말이 빨라지고 잔뜩 기름기가 돈다.

 "야! 니네가 지금 날 보면 안돼지~ 쟤 지금 회복하잖아~"

 그 와중에도 보스쪽 상황을 챙기는 현수. 정신사나운건 변함이 없으니까 안심이라도 해야 하나?

 "어쩜 그렇게 두 부자가 똑같냐..."

 자기도 모르게 잔디가 중얼댄다.

 "아~ 또 처음부터 해야돼... 그래 잔디야~ 우리 부자 될거야. 그러니까..."

 "됐고, 지금 당장 테이커 찾아내."

 "뭐?"

 "테이커 잡아오라고."

 "왜?"

 "이제 11시 40분이니까, 20분 후면 테이커가 여길 터트린데요. 그럼 접속중인 게이머들은 다 죽고요. 못 믿으시겠으면 지금 로그아웃 한 번 해보세요. 아무도 못나가게 다 막아놨으니까요~"

 옆에 있다가 잔디를 대신해서 조목조목 말해주는 수민.

 현수와 상구가 황당한 표정으로 서로를 바라본다.

*

드래곤마스터의 성.
 좀전에 잔디가 왔던 때와는 달리, 성 앞 광장에 백명도 넘는 아바타들이 모여들어 군중을 이루고 있다.
 성 벽면 전체를 장식하고 있는 현수막 형 광고 배너의 모습.

칼 내려놔~ 맨손으로 한판 붙자!
스페셜 이벤트: 제1회 드래곤마스터배 격투 시합.
드래곤클랜과 맨손 격투 대결!
승리시 절대검 수여!

이벤트 내용이 적힌 배너의 아래쪽, 단상이 있다.
 단상 한 복판에 수직으로 꽂힌, 번쩍거리는 장검.
 이벤트의 상품으로 걸린, 절대검이다.
 절대검 주변에 선 현수와 드래곤클랜 조원들이 광장을 바라보고 있다.
 시합장인 듯, 가운데를 텅 비워놓은 광장 주변으로 구경꾼 아바타들이 잔뜩 모인 모습. 그들의 뒤편으로 계속 모여들며 수가 점점 늘고있다.
 그 구경꾼들 사이, 잔디와 수민도 서 있다.

"정말... 이 방법밖엔 없는거냐?"
 옆에 선 상구에게 말하는 현수. 정말 내키지 않는다는 표정이다.

"요즘 애들이 좋아하는게 이런거랍니다. 이 정도면, 테이커도 올 것 같은데요?"
 말하는 사이 구경꾼 사이를 헤치고 광장 안으로 들어서는 한 아바타.
 모습이... 스님... 이다. 갑자기 조용해지는 분위기.
 "테이커 아니네?"
 "...그러네요."
 "하... 몸싸움 개피곤한데… 너가 책임 져. 나가."
 현수에게 떠밀려 단상을 내려가는 상구. 나머지 조원들과 함께 도전자앞으로 간다.
 "대결 이벤트에 오셨나요?"
 대꾸없이 꾸벅 인사 후 무술 자세를 잡는 도전자.
 구경꾼들의 환호성 소리와 함께 대결이 시작된다.

 조금 전. 보스방.
 보스 몬스터를 타격중인 현수의 조원들.
 좀 떨어진 곳에서 잔디, 수민, 현수, 상구가 서로를 바라본 채 서 있다.
 "지금 나보러 그얘길 믿으라는 거야?"
 멍한 표정으로 되묻는 현수. 잔디가 대답대신 현수의 따귀를 때린다.
 "아! 아프잖아!"
 "뇌신경으로 감각까지 통제하는 게임이야. 게임기 폭발하면, 충분히 죽을 수 있어. 이럴 시간 없어. 빨리 테이커를 찾아야 돼."

"찾으면 어떻게 하려고."
 "그건 그때 가보면 알겠지. 민원 관리자니까, 내가 알아서 할 수 있어."
 "너가 민원 관리자라고? 왜?"
 현수가 놀란 표정을 지으며 잔디를 쳐다본다.
 역시나... 저 인간은 음성메세지 남긴 걸 하나도 듣지 않았던 거다. 따라서 그동안 자신이 겪어온 모든 고초들을 전혀 모르는게 분명해졌다.
 갑자기 혈압이 오르는 잔디. 하지만 지금은 저 인간과 같이... 게임을 해야한다.
 "...놈은 분명 폭파 스위치 같은, 뭔가를 쥐고 있을거야. 붙잡으면 그놈이든 폭탄이든 초기화 시키면 돼. 그럼 테러도 막을 수..."
 "못찾아."
 갑자기 현수가 잔디의 말을 끊는다.
 "제발로 찾아오기 전엔, 못찾아. 절대검으로 죽게되면 복구가 불가능한 크랙 상태가 되버려. 만약 다시 돌아왔다면, 서버에 존재하지 않는 상태로 다니는 놈이야. 그러니까 못찾는 거고."
 망연자실한 잔디. 정적이 흐르는데...
 "찾아오게 하면 되죠."
 지나가는 말처럼 던지는 수민.
 "무슨수로?"
 "그만큼 테이커가 갖고싶어 하는 걸 주면 오겠죠."
 "이 성 도로 준다면 오겠네~"

"성이요? 아빠, 절대검있잖아요. 그거면 테이커 아니라 테이커 할아버지도 올걸요?"
"그래 그거야! 야~ 우리 수민이. 천재! 천재!"
 환호하는 잔디. 현수와 오른팔이 당황해서 서로를 쳐다본다.

 다시 현재의 성 앞 광장.
 조심스럽게 도전자에게 다가서는 상구.
 기합과 함께 발차기를 날리면, 도전자가 맞고도 꿈쩍하지 않고 그 자리에 그냥 서 있다.
 머뭇거리던 조원 1,2,3이 뒤따라 공격하면, 계속 선 채로 맞기만 하는 도전자.
 구경꾼들 사이에서 지켜보던 잔디, 이상하다는 생각에 도전자의 상태를 체크해보면, 방어력이 무한대다.
 그 순간, 도전자의 머리 위로 떠오르는 홀로그램 형 광고 문구.

망설이지 말고 지금 시작하세요!
채널 ID: 오늘부터 홈트레이닝

 사람들이 모이는 걸 알고 대결이 아닌 광고 목적으로 참가한 것. 단상 위의 현수쪽을 돌아보는 상구. 현수가 손으로 끌어내라는 사인을 준다.
 구경꾼의 야유 속, 광장 밖으로 끌려나가는 도전자.
 초조하게 시간을 확인하는 잔디. 열두 시까지, 이제 10분

밖에 남지 않았다.
 물론 불과 5분 만에 이정도로 일을 벌여놓은 것만으로도 대단하지만, 희망이 초 단위로 줄어들고 있는 상황. 그런데도 기다리는 것 말고는 다른 방법이 없다...

*

 양손을 모은 채 눈을 감고 기도를 시작하는 잔디.

 '신이시여, 게임 안에서 당신을 찾습니다. 부디 자비를 베푸시어 이 세계를 구할 기회를 내려주소서...'

 어느 순간, 서서히 주위에서 웅성임이 시작된다.
 눈을 떠 보면, 광장 안에 서 있는 네 명의 전사들. 해골마크가 그려진 갑옷을 입고 있다.
 저건, 람보르99가 말해준 테이커의 특징이다.
 이럴수가... 기적이 일어났다.
 단상에서 내려와 네 전사들 앞에 서는 현수.
 구경꾼들의 웅성임이 잦아든다.

 "이벤트 참여를 원하시면 무장을 해제하시죠. 맨손 대결입니다."
 전사들의 손에 들려있는 무기를 쳐다보며 현수가 말한다.

상대가 대꾸를 하지 않자, 따라나온 현수의 조원들도 무기를 꺼내들기 시작하는데...
 공중으로 날아오는 전사 한 명. 이들의 머리 위 허공에 멈춰선다.
 중력의 법칙이 적용되는 언더그라운드에서 공중에 떠 있다는 건, 명백한 반칙. 해킹으로 뭔가를 조작했다는 증거다. 지켜보던 구경꾼들이 웅성이기 시작한다.
 현수 앞에 내려서는 전사. 해골이 그려진 갑옷을 입은, 테이커다!

"이렇게 또 보니까 반갑네요~"
 여전히 검은 고양이 얼굴에, 그때와 똑같은 갑옷을 그대로 차려입은 테이커. 하지만 상태가 불안정하게 깜빡거린다.
 언제라도 꺼질 것 같은 촛불 같은 모습. 불길하다.
"절대검 가지러 왔어."
"그럼 이 사람들 앞에서 절 쓰러뜨리면 되겠네요? 절대검도 얻고, 빼앗긴 자리도 되찾고."
 현수가 주위의 구경꾼들을 가리키며 휙 손을 펼치자, 기다렸다는 듯 환호성이 한차례 터진다.
"경고하는데, 넌 이제 내 상대가 안돼. 말로 할때 내 놔."
"뭔소리야~ 싸움을 말로 하자는 거에요? 참 그런데, 테러 한다면서요? 다 날려버릴 분이 절대검은 왜 필요하세요?"
 테러라는 현수의 말에 조용해지는 구경꾼들. 그러나 사태의 심각성을 깨닫지 못한 건 마찬가지다.

"절대검이 필요했다는 건데... 그럼, 애초에 나부터 죽이고 시작하는 거였어요?"
 현수의 말에 키득거리는 테이커의 조원들. 지금 여기 온 건 이미 예정돼 있던 일이라는 말이다. 애써 벌인 작전이 구경꾼만 모은 일이 되버렸다.
 이제서야 잔디가 해준 이야기가 믿기기 시작하는 현수.
 어쩌면, 이런 상황이 오히려 더 잘 된 일일지도 모른다.
 구경꾼들을 바라보며 다시 한 번 손을 번쩍 들어올리면, 이제 천 명 가까이 모여든 구경꾼들이 또 일제히 환호한다.

"너에게 증명할 기회를 주지. 이 사람들과 내가 보는 앞에서. 물론, 내가 이기겠지만 말이야."
 일부러 테이커의 자존심을 건드리는 현수. 딱히 뭐라고 할 말이 없기도 하다.
"...좋아. 무장 해제해."
 잠시 구경꾼들의 환호를 듣던 테이커가 무기를 내려놓는다. 당황하던 테이커의 조원들이 하나둘 무기를 내려놓으면, 더욱 커지는 환호성.
"맨손 격투로 드래곤클랜 전원을 전투불능 상태로 만들면 승리입니다. 자 그럼, 대결 시작!"
 현수의 말이 끝나자마자, 마주선 양 쪽 조원들이 서로를 향해 달려든다.
 아무리 좋게 봐도 싸움 안 해본 사람들의 막싸움 같은 모습. 구경꾼들의 환호가 야유로 바뀌며 난장판이 제대로 벌어진다.
 차례차례 전투불능에 빠지는 조원들. 마지막으로 남겨진 테이커와 현수가 서로를 마주본다.
 마치 이 순간을 기다린 것 같은 모습.
 구경꾼들의 분위기가 다시 차분히 가라앉는다.

"나 이래뵈도 태권도 검은띠다. 각오해."
"난 주먹만 쓸게 그럼."
 각자 복싱 자세를 잡는 테이커와 태권도 자세를 잡는 현수.
 먼저 현수의 공격이 시작되면, 테이커가 가볍게 피한다.
 심지어 피할 때마다 정확히 현수의 빈 틈을 타격하는 테이커. 상대가 되지 않을 정도로 실력이 월등하다.
 현수의 공격으로 테이커가 정신못차리고있을 때, 몰래 다가가서 붙잡으려고 했는데,
 이러면... 접근이 불가능하다.
 어쩔줄 몰라하는 잔디. 문득 시간을 보면, 열두 시가 이미 지나있다!!
 이것으로 저 테이커에 의해서 테러가 실행됐다는 게 완전히 증명이 된 셈이다.
 잔디의 눈앞, 또 한 번의 시원한 공격을 현수에게 명중시키는 테이커. 구경꾼들이 열광한다...
 빨갛게 깜빡이는 현수에게 마지막 일격을 위해 다가가는 테이커. 정신이 팔린 듯, 무방비 상태의 등을 보이고 있다.

지금이다!
 재빨리 광장 안으로 뛰어드는 잔디. 그런 잔디의 앞으로 수민이 튀어나간다.

'어어어?!!'

 놀라 쳐다보는데, 그대로 계속 달려나가는 수민.
 테이커의 등짝에 정확히 발차기 공격을 먹이는데 성공한다!
 싸움이 시작되면, 테이커를 꼼짝 못하게 몰아가는 수민.
 구경꾼들, 이번엔 수민에게 환호하고... 환호에 답하듯 수민의 연타공격이 이어진다.
 오락실에서 봤던 필살기다.

 연타에 전부 맞고 나가 떨어지는 테이커.
 구경꾼들이 환호 속, 수민이 한쪽에 쓰러져있는 현수에게로 간다.
 "괜찮아, 아빠?"
 "조심해!!!"
 현수의 외침에 돌아보는 수민.
 어느새 공중에 떠 있는 테이커. 전혀 아무렇지도 않은 상태. 들어올린 손 위로 정체불명의 빛 덩어리가 불타오르고 있다.
 곧이어, 수민을 향해 빛줄기를 쏘는 테이커.

비틀거리며 수민의 앞을 막아선 현수와 함께, 빛줄기에 맞은 수민이... 돌로 변했다!
구경꾼들이 상황을 이해하지 못한 채 바라보는 사이, 주변의 모든 것들에 닥치는대로 빛줄기를 쏘는 테이커.
한바탕 빛의 마법 쑈가 펼쳐지고... 마침내 테이커가 멈추면, 광장의 모든 구경꾼들이 돌로 변했다!

단상으로 내려서서 절대검을 뽑아드는 테이커.
잠시 선 채로 뭔가를 하는 듯 하는데... 곧이어 마법이라도 부린 것처럼, 절대검이 시커먼 빛을 뿜어내기 시작한다.

"드디어~ 기다리던 순간이다! 전부 날려주마!~"

외침과 동시에 하늘 높이 솟구쳐 올라가는 테이커.
어느 순간, 절대검을 광장 한가운데로 던진다!
날아가 바닥에 맞는 순간, 박살나는 절대검.
뭔가 잘못됐다.
테이커, 부서진 절대검을 쳐다보며 멍한데...

"이거 찾으세요?"
소리쪽을 돌아보는 테이커. 단상 위에 선 잔디가 또 다른 절대검을 들고 있다.

좀 전의 보스방.

현수의 조원들과 함께 보스 몬스터를 타격중인 수민.
수민의 손에 들린 장검의 모습이... 절대검이다.
"애한테 저런걸 막 줘도 돼?"
 수민을 보던 잔디가 옆에 서 있는 현수에게 묻는다. 시간이 없는 와중에도 보스를 잡고나서 돕겠다는 현수. 막무가내로 고집을 부려 잔디가 어쩔수 없이 양보했다.
 빨리 끝내기 위해 무려 절대검을 사용 중이다.

  드래곤마스터 님의 메시지:
  복제품이야. 진짜는 너한테만 보여줄게.
  나만 알던 비밀인데, 이제 우리 둘 만 아네?

말로 물었는데 쪽지창으로 쪽지를 보낸 현수.
실실 웃으며 잔디를 쳐다보고 있다.
"뭐냐?... 수작부리는거냐?"
"미안해 여보. 다 잘 살아 보려고 그런거였어~ 지금 나 돈 얼마나 모았는지 한 번 볼래?"
 갑자기 들러붙는 현수. 잔디가 어이가 없어 한숨을 푹 쉰다.
"됐고, 진짜 절대검 나한테 줘. 내가 갖고 있어야겠어."

다시 현재.
단상 위. 잔디가 진짜 절대검을 들고 서 있다.
"그건 내거야!"
잔디에게 소리치며 손에 빛 덩어리를 끌어모으는 테이커.

좀전에 저 빛줄기를 피하느라고 바닥을 구르며 진땀을 뺏었다.
"갖고싶으면 따라와 보든가~"
아이템을 써서 순간이동 통로를 연 잔디. 재빨리 안쪽으로 사라지자, 그 뒤를 테이커가 쫓아 뛰어들어간다.

*

순간이동 통로를 빠져나온 테이커.
어둠 속, 뭔가 희미하게 보인다.
가까이 다가가면, 벽에 붙어있는 '반드시 정의가 이긴다!'라고 적힌 표어다.
조명을 켜는 잔디. 갑작스러운 환한 빛에 테이커가 찡그린다.

 -평택 상철이파 육상철.
 -화성 마약사범 jmt.
 -안산 연쇄살인범 00164.

둘 사이의 공간에 나타난 험악한 인물 사진과 설명들 적힌 선택창의 모습.
"어서와. 여기는, 훈련 지옥이야."

잠시 시선을 뺏긴 테이커를 향해 잔디가 말한다.
 잔디를 공격하기 위해 달려드는 테이커. 어떻게 된 일인지 갑자기 움직일 수가 없다?!...
 잔디가 관리자 명령어로 붙잡았다.
 여기는 더 이상 언더그라운드가 아닌, 원더시티.
 관리자 명령어가 통한다!

 "뭐야~ 관리자였어? 어쩔건데? 보시다시피 난 크랙인데?"
 여유 부리듯 말하는 테이커.
 크랙 상태의 계정은 삭제도 불가능하고, 다른 곳으로 전송할 수도 없다. 재활용도 되지 않는, 게임 세계의 핵 폐기물인 셈이다.
 대꾸없이 테이커에게 수민이 준 '훔치기' 기능을 쓰는 잔디. 테이커가 가진 아이템 창이 나타난다. 목록 중에 크랙 파일을 발견한 잔디. 저게 테러폭탄일 것이 확실하다.
 확률이 30%라고 했는데... 마음속으로 비는 수밖에.
 그 파일을 선택하고 활성화된 '실행'버튼을 누르는 잔디.
 조심스럽게 자신의 아이템창을 띄워 확인하는데... 옮겨온 테이커의 크랙 파일이 있다! 성공이다!!
 사이버 수사대로 전송하려다 관두는 잔디. 파일을 관리자 명령으로 삭제해 버린다.

 "...지금 뭐하는 거야?"
 "방금 너가 가진 폭탄을 삭제했어."

"뭐라고?!"
 화들짝 놀라는 테이커. 뒤늦게 사실을 확인하고는 멍해진다.
 "그래, 너도 누군가의 자식이니까... 마지막 기회를 줄게. 이 짓을 왜 한건지 사실대로 말해 봐."
 그 상태로 말없이 서로를 노려보는 둘.
 "내가 돈이 좀 있어. 풀어주는 조건으로 지금 100억 줄게. 어때?"
 대답 대신 테이커가 제안을 한다.
 "...널 여기서 못나가게는 할 수 있어. 그래서 여기가 니 지옥이 되는 거고. 너가 죽지 않을테니까, 아마 고문처럼 계속 될거야."
 그들 사이에 떠있는 선택창을 가리며 설명하는 잔디. 작별인사로 손을 흔들어 준다.
 "아무리 그래도 지금 상태는 못돌려~ 전부 초기화시켜야 돼. 모두가 0부터 다시 시작하는 거지. 어때? 내가 니네들 한 방 먹인거 인정하냐! 내가 이긴거라고!"
 발악하는 테이커를 내버려 둔 채 순간이동 통로로 들어가 버리는 잔디. 통로가 완전히 사라지고,
 테이커의 시선에 덩그러니 선택창의 모습만 보인다.
 시간제한이 있는 것처럼 깜박거리기 시작하는 선택창.
 '육상철'을 자동 선택하고 사라지면,
 곧이어, 테이커 앞에 문신으로 덮힌 거구의 아바타가 나타난다.

　　　　　　　　　＊

 차원의 문 같던 순간이동 통로가 감쪽같이 사라진다.
 홀가분한 기분. 너무 요긴하게 잘 썼다.
 어쩐지 원더시티에서 게임을 계속하게 될 지도 모르겠다는 생각이 든 잔디.
 자신감 같은게 생겨버렸다.

 광장의 모든 아바타들은 돌로 변한 상태 그대로다.
 테러로 폭발에 의해 목숨을 잃을수도 있겠지만, 이 상태로 있더라도 죽는 건 마찬가지 일 것이다.
 모두를 살리려면 시스템을 초기화 해야 한다.
 로그아웃도 안되고, 관리자 명령어도 안통하는 이 언더그라운드에서. 지금 내가 가진 거라곤...
 손에 들고있는 절대검을 바라보는 잔디.
 우스꽝스러울 정도로 웅장하게 커다란, 장검이다.
 순간, 잔디에게 아까 테이커의 행동이 떠오른다.
 테이커는 이 절대검을 마치 폭탄처럼 광장 한 복판에 던졌었다.
 절대검의 기능을 살피는 잔디. '-합치기'를 발견한다.
 수민에게 장비와 기술들에 대해 물어봤을 때, '운 나쁘면 장비만 버릴거라고, 알 필요 없다.'고 했던 기능이다.
 만약 테이커가 절대검에 테러 폭탄을 합치기 했던 거라면?

...이게 시스템 전체에 효력을 미칠 수 있을 유일한 방법일지 모른다...
 지금 하려는 건 폭파가 아닌 리셋이다.
 삭제 기능이 있는 아이템만 있으면, 이 실험을 해볼 수 있을텐데...
 아이템창을 띄우는 잔디.
 아이템 목록을 쭉 살펴 내려가는데,
 맙소사, 복어폭탄이 있다. 꼭 누군가 그 자리에 가져다 놓은 것처럼.
 절대검의 '-합치기' 기능을 누르는 잔디.
 합치기 대상으로 복어폭탄을 선택하면, '합치기 실행' 버튼이 활성화되어 깜박이기 시작한다.
 하필이면 가장 중요한 열쇠를 얻는 게, 도박을 해야 할 수 있는 거라니... 확률은 아마 30%보다도 더 낮을 것이다.
 만약, 이 도박이 실패한다면... 결국 이 미션은 실패다. 모든 것을 여기까지 다 성공시켰는데, 이제와서 실패할 수는 없다.

　　　'원래대로 돌아갈 수 있게, 도와주세요...'

 눈을 질끈 감고 기도하는 잔디. 또 기도를 하고 있다.
 생각해보면 이 모든 일이 알수없는 존재의 힘에 의해서 벌어진 것 같다. 그 존재를 향해 진심으로 기도를 한다. 진심이 통하기를 바라며...
 그리고, '실행' 버튼을 누른다.

눈을 살며시 뜨면, 눈앞의 절대검이 하얗게 빛나고 있다.
 없어지지않았다... 성공이다!
 아까 테이커가 나타난 것 부터, 훔치기에 이어 합치기까지... 우연의 일치겠지만, 꼭 누가 기도를 들어준 것처럼 운이 좋다.
 머리 위로 시선을 돌리는 잔디. 게임 속인데도, 현실과 구분할 수 없을 정도로 높고 푸른, 생생한 하늘이 펼쳐져있다.

 절대검을 들어올리려하면, 거센 바람에 맞서는 것처럼 쉽지 않다. 양손으로 절대검을 꽉 붙잡은 채로, 마침내 번쩍 치켜드는 잔디.
 광장 한 복판을 향해 들어올린 절대검을 내려 꽂는다!!!

 절대검에 흐르던 빛이 땅을 통해 주변으로 퍼지는 모습. 빛이 닿는 곳마다 돌로 변했던 모든 아바타들이 초기화 상태의 아바타로 되돌아온다. 성공했다...
 기절에서 깨어난 것처럼 두리번 거리는 아바타들.
 곧이어 하나둘 로그아웃해서 사라지기를 시작한다.
 광장에 서 있는 현수와 수민 쪽을 향해 다가가는 잔디.
 덥수룩한 수염의 유럽인 농부와, 외계인 같은 핑크색 곱슬머리 소녀 모습의 아바타. 모든 장비가 사라진, 초기화된 상태다.
 꽂혀있는 절대검과 잔디를 번갈아 보며 뭔가 할 말을 찾는 듯한 수민. 잔디가 웃으며 고개를 끄덕인다.

"오 마이 갓! 다 없어졌어!! 그 돈이 어떤 돈인데~ 아이고~"

한쪽을 향한 채 서 있던 현수가 갑자기 제자리에서 펄쩍뛴다. 자신의 상태를 확인했나보다.

"너 지금 어디 게임방이야?"

"시청 옆 메가플렉스 몰 지하에..."

"거기서 꼼짝말고 기다려. 바로 갈거니까. 알았지?"

잔디에게 고개를 끄덕이는 수민.

로그아웃 한 듯, 순간 사라진다. 울먹이는 현수를 내버려둔 채, 로그아웃 버튼을 누르는 잔디. 순간 모든것이 회오리친다!

7장. 끝과 시작

2029년 5월 4일, PM 12:10

 탁상시계에 깜빡이는 표시를 멍하니 바라보는 잔디.
 자신의 방이다. 정신이 들고, 머리에서 게임 헬멧을 벗겨냈더니, 자신의 방에 와 있다.
 다시 게임 헬멧을 써보면, 아직 작동중인 민원 처리반 모드. 잔디의 관리자용 메시지, '남아있는 민원: 16개' 표시를 확인한다.
 그날의 자신으로 돌아와있다.
 분명이 수민으로 시작했었는데, 이게 도대체 어떻게된거지?...

 수민의 방에 온 잔디.
 곧바로 침대 밑을 뒤지면... 그날 봤던 수민의 게임기가 그대로 있다.

'...돌아왔어...'

 그제야 상황이 믿겨진 잔디. 갑자기 몸에 힘이 풀려 그자리에 주저 앉는다.
 게임에서 풀려났다. 시간을 되돌아가 테러를 막았다.
 그렇다면 이제 수민이는 살아있다. 그래. 수민이 부터 보러가자.

집을 나서기 전, 갑자기 나타난 낯선 사람에게 깜짝 놀라는 잔디. 완전히 모르는 상대가 노려보고 있는데...
 거울에 비친 자신이다. 눈물을 흘리고 있다.

*

 시청 옆 메가플렉스 몰 지하.
 수많은 식당과 옷가게들이 모여있는 거대 쇼핑몰.
 어디를 보나 사람들로 붐빈다.
 수민이 말한 게임방이 있는 곳이다. 테러 발생 후 일주일 내내 계속됐던 실종자 확인작업에서 가장 희생자가 많이 발생한걸로 파악된 장소이기도 하고.
 이제 조금 후면 수민이를 만날 수 있다...

 게임방.
 카운터에는 아무도 없다.
 게임실 문을 하나씩 열어보며 수민을 찾는 잔디. 전부 텅 비어있다.
 "지금 원더시티 접속 안되요~ 혹시 다른게임 하실건가요?"
 지나쳐온 카운터 쪽에서 소리가 들린다. 돌아가보면, 자고 있던 듯 부스스한 알바생의 모습.
 "우리 애 찾으러 왔는데... 혹시 초등학생 두 명 못보셨어요?"
 "잘 모르겠는데요~ 여기 없으면 없는거에요."

'이놈이 또 거짓말을 했구나...'

 잔디, 포기하고 밖으로 나가려는 찰나, 문을 열고 신영이 들어온다.
 "혹시 손님중에 초등학교 6학년 남자 애 두 명 못보셨어요?"
 "저분이랑 일행이세요?"
 알바생이 가리키는 곳을 보는 신영. 문 옆에 선 잔디가 꾸벅 목례를 한다.

 "혹시... 수민이 어머님?"
 타임라인을 정리해보면, 신영과는 마지막 회차의 게임 안에서 처음 본 사이가 된다. 아마 지우와 둘이 있었을 때, 신영도 이 위치에 대해서 알아낸 듯 싶다.
 "이렇게 다시 뵙네요. 애들은 어딨어요?"
 "한 발 늦은 것 같아요~ 알아서 때 되면 집으로 오겠죠 뭐."
 "저... 아까 게임에서 죽은 뒤에, 게임에 갇혀있었던것 같아요. 깨보니 거의 30분이 지났더라구요..."
 뭔가를 머뭇거리듯 뜸을 들이는 신영.
 "...그래서 말인데요, 말씀하셨던 테러에 대해 얘기해주세요. 저도 문제를 안 이상, 그냥은 못 넘어가요."

형사라더니, 사건의 냄새를 맡고 수사를 시작하려는 것이다.
"마법... 믿으세요?
분위기가 심각한데, 웃으며 질문을 던지는 잔디.
"게임은 끝났어요. 이제 장난 그만 하시구요."
신영이 매정하게 자르는 찰나, 문을 열고 현수가 들어온다. 잔디를 알아보고 다가오는 현수.
"잘됐네~ 제 남편이 왔네요. 저보다 더 잘 아니까, 자세하게 알려드릴 거예요."
말하며 현수쪽으로 가는 잔디.
"저분 형사거든? 테이커에 대해서 알고 싶으시다니까, 잘~ 설명드려."
현수의 어깨를 툭 치고 밖으로 나가면, 어리둥절한 현수. 신영과 함께 떠나가는 잔디를 쳐다본다.

*

쇼핑몰 밖으로 나온 잔디.
한동안 길에 선채로 평화로운 시내 풍경을 멍하니 바라보는데... 어느 순간, 눈부신 빛에 눈이 감긴다.
다시 눈을 뜨면, 수민과 지우가 아이스크림을 먹으며 걸어오고있다.
"더워서, 아이스크림 사러 갔다왔어~"

수민이 아이스크림을 하나 건네며 말한다.
살아있는, 수민이가 맞다...
"게임방에 엄마 계시니까 어서가봐~"
지우를 먼저 보내는 잔디. 그리곤, 수민을 붙잡고 눈을 마주친다.
"수민아... 엄마, 용서해 줄 수 있겠니?"
상황을 이해 못하고 불안하게 쳐다보는 수민. 갑자기 잔디가 수민을 와락 껴안는다.
"엄마가 도와줄게 수민아. 지우도 안다고 얘기해. 응? 지우도 알았던 거지?"
잔디의 눈을 피하는 수민. 고개를 젓는다.
수민을 한 번 꼭 껴안은 후 풀어주는 잔디.
"...가서 지우랑 놀아. 있다 집에서 보자."

쇼핑몰 비상구 쪽을 향해 가는 수민.
지우에게 가려고 다시 오락실로 갔을 때, 신영과 현수가 함께 심각하게 얘기하고 있는 모습을 보고 돌아나왔다.
경찰이라고 했던 신영의 말을 이제서야 기억해낸 수민. 일단 여기서 도망쳐야한다...
뒤를 살피며 서둘러 비상구 문을 여는데, 계단 한쪽에 서있는 지우를 발견한다. 울고있다.
"어?! 지우야~ 너 왜 여기있어?"
지우에가 다가가는 수민. 뒤 쪽에서 갑자기 나타난 신영이 수민을 붙잡는다.

감았던 눈을 뜨는 잔디. 상상 속 수민의 모습도 끝난다.
 쇼핑몰 밖 대로변. 평화로운 오후의 풍경이다.
 상상에서와 똑같이, 아이스크림을 먹으며 걸어오는 수민과 지우가 보인다.
 "더워서, 아이스크림 사러 갔다왔어."
 얄밉게 웃으며 말하는 꼴이, 분명 도망치려다 말았다. 거짓말쟁이에 나쁜 놈 자식...
 "내건?"
 잔디의 말에 수민이 먹던 아이스크림을 내민다.

*

 오락실 앞.
 복도 한켠에 서서 현수와 대화중인 신영의 모습이 보인다. 아이들과 함께 잔디가 다가가면, 곧이어 신영이 알아채고 바라본다.
 "마침 잘 오셨어요. 남편분은 어머님 쪽이 상황을 알려줘서 알았다고 하시네요? 문제를 일으켰다는 테이커라는 사람을 처리한 것도 어머님이시라고."
 "잠깐 나가있어요."
 먼저 현수에게 말하는 잔디. 현수가 눈치를 보며 자리를 뜨고...

"테이커가 테러범이에요. 제가 그 테러를 막았고요. 만약에 테러가 성공했다면, 우리가 지금 이렇게 살아있지 못할거에요. 말씀드려 수민아."

 준비한 것처럼 빠르게 말을 쏟아낸 잔디. 수민을 붙잡아 신영 앞에다 놓는다.

"제가요... 모르고 바이러스가 든 물약을 퍼트렸어요. 그 바이러스에 감염되면 폭탄처럼 폭발할 수 있대요..."

"지우는 상관 없는거지? 그렇지?"

 첫 마디에 지우얘기를 하는 신영. 역시, 예상했던 대로다... 지켜보던 잔디가 고개를 푹 숙인다.

 대답하듯 끄덕이는 수민. 신영이 황급히 지우를 자신의 옆으로 끌어당기는데, 지우가 그 손을 뿌리친다.

"나도... 같이했어..."

 말하며 그자리에서 울음을 터트리는 지우.

 갑작스러운 상황에 충격을 받은 듯한 신영이 손으로 얼굴을 쓸어내린다.

"...테러는 막았고, 테러범은 잡았어요. 아이들이 도와줘서 잡은거에요. 어머님도 도와주셨고요. 다 끝난 일이에요. 원더시티 본사에서 불러서 가야봐야 하는데, 얘 데려가서 자랑좀 하려구요. 아주 큰 상을 받아야돼~"

 잔디. 말을 마치며 수민의 볼을 장난스래 꼬집는데,

 갑자기 달라진 분위기를 이해하지 못한 수민. 볼이 빨개지는 데도 가만히 멈춰있다.

"지우도 같이가도 되죠?"

지우만 노려보고 있는 신영에게 말하는 잔디.
한참동안 말이없던 신영. 고개를 끄덕인다.

*

대로변.
다 녹은 아이스크림을 힘겹게 먹고있는 잔디.
그 옆으로 수민과 지우가 어정쩡하게 서 있다.
"...미안해 엄마, 앞으로 안 그럴게."
"처음이다, 너한테 뭐 얻어먹는게?"
먹던 걸 준건데... 잔디의 말에 수민의 얼굴이 붉게 달아오른다.
"너 아까 테이커하고 맞짱 뜰때, 야~ 난 너가 그렇게 용감한지 몰랐다. 덕분에 절대검을 바꿔치기 할 수 있었어~"
"뭐야, 절대검이 두 개라고?!"
갑자기 수민의 관심이 쏠린다. 하여튼 게임 뿐인 녀석이다.
"우리가 같이 원더시티를 구한거야."
"그럼... 나 게임 해도 돼?"
"이제 훔치는건 안 돼. 그리고 수업 빼먹거나 숙제 못해도 안 되고. 밤 열시 이후엔 절대 안 되고, 차라리 아침 일찍 일어나서 해."
지금껏 하지 않던 말을 하는 잔디. 못 믿겠다는 듯, 긴장을 풀지 않고 잔디의 눈치를 살피는데...
"그리고... 새 게임기가 집으로 오고있어, 어린이 날 선물이야."
"엄마 사랑해!!!"
갑자기 수민이 잔디를 껴안는다.
"어얽... 어우 무거워! 다 큰 새끼가 징그럽게~ 야, 근데... 언더그라운드 성주 되는거 많이 힘드냐?"
겨우 수민을 떼어낸 잔디가 묻는다.
"엄마 성주되려고? 그래서 원더시티 본사에 가는거야?"
"본사? 너 때매 관리자도 잘렸는데 뭔 본사? 내 돈으로 해야지."
"어?! 그럼아까... 거짓말 한거야?"
대꾸없이 지하철 입구를 향해 터벅터벅 걸어가는 잔디.
충격으로 잠시 벙 찐 수민과 지우. 뒤늦게 잔디를 쫓아간다.

8장. 변화

어둠 속. 눈을 뜨는 잔디.
아침 6시 50분. 핸드폰 알람이 울리기 10분 전이다.
완전히 푹~ 잘 잔 기분. 가만히 귀를 기울이면, 부엌 쪽에서 작게 달그락 거리는 소리가 들린다.
먼저 일어난 현수가 아침을 준비하고 있다.
아늑하고 포근한 느낌의 방. 아침마다 불면에 시달린 상태에서의 숨 막히게 조여들던 공허한 느낌은... 거짓말처럼 사라졌다.
이제 조금있으면 매일 아침의 하이라이트가 시작된다.
하루 중에서 제일 설레는 순간이다.

"수민아~ 밥 먹어!"

바리톤으로 시작해서 테너로 터지는 현수의 목소리. 가려운 곳을 벅벅 긁어주는 것 같이 시원한 저 소리로 매일 아침을 맞이하는 데, 공허할 이유가 없다.
이제는 아침마다 기쁨이 샘 솟는다.
누군가가 나를 지지해 준다는 것. 누군가 내 힘이 돼준다는 게 이 기쁨의 정체. 이 전엔 물론 없었던 것이다.
더욱 기쁜 건, 이 모든 걸 내 힘으로 쟁취했다는 사실!
발 끝까지 행복에 가득 찬 상태로 자리에서 일어나는 잔디.
자, 오늘이라는 축복이 시작된다!

국과 갓 지은 밥, 그리고 반찬들.
단출해 보이는 아침상이지만, 저게 얼마나 품이 드는지 잘 안다.
처음엔 밥이 타거나 설익고, 국은 차마 먹을 수 없는 상태일 때가 많았는데, 이제는 제법 자리를 잡아 한 눈에도 안정적으로 보인다.
물론 음식 상태가 최악일 때조차, 이 상황 자체가 벌써 기분이 좋기 때문에 상관없었지만 말이다.
잔디가 현수를 통해서 깨달은 인생의 진리는, 음식은 맛보다는 감정으로 먹는다는 거다. 이전의 현수는 수민과 같았다. 짐짝처럼 상 앞에 끌어다 놔야 겨우 밥을 끼적대는 정도였을 뿐이었는데, 그 현수가 차려준 아침상을 이렇게 즐기기만 하면 되다니!...

맞은편의 수민은 예전과 전혀 달라진 게 없다.
똑같은 모습. 억지로 밥을 먹는 중이다.
하지만 이젠 자기 옆에 앉아있는 현수가 그 모습을 함께 바라보고, 무엇보다 대신 잔소리를 해준다.
그랬더니...
이젠 저 수민의 모습이 귀엽게 보이기 시작한다.
악귀같았던 저 모습에서 애정을 느끼는 날이 올 줄은 정말이지 꿈에도 몰랐다...

참, 그리고 현수가 수민의 도시락도 다 쌌다.
이제 잔디네는 현수가 살림을 꾸리고 있다.

그러고 보면, 지금의 이 모든 행복은 현수의 덕택일지도 모른다.
 김이 모락모락 나는 밥을 한 수저 떠 먹는 잔디.
 ...음~ 맛있다. 뜸이 잘 들었다.
 요즘 잔디는 인생이 살맛난다.

*

 그날 이후, 1년이 흘렀다.
 원더시티 테러에 대한 수사는 신영의 주도하에 극비리에 진행됐다. 다행히 아무런 피해자가 발생하지 않았기 때문에 정확한 수사의 명칭은 '테러 모의'다.
 관련한 내부비리가 드러났고, 테러의 원인으로 테이커를 파멸시킨 승부조작이 지목됐다.
 원더시티 세계에서의 최고 권력자나 다름없는, 1위 게이머를 조작으로 만들어 내서 막대한 이익을 취하려던 일부 원더시티 운영진과, 이에 가담한 현수 또한 법의 처벌을 받았다.
 현수를 끌어들인 운영진은 감옥에 갔지만, 현수는 다행히 집에 있을 수가 있었다. 잔디를 도와서 테러를 막아냈다는 사실이 정상참작에 큰 도움이 됐다.

 실제로 일어나지는 않았지만, 테러에 관한 모든 의혹의 열쇠를 쥔 테이커는, 갇혀있던 신영의 지하실에서 감쪽같이 사라졌다. 그리곤 더 이상의 어떤 흔적도 찾을 수 없었다.

 테러를 막아낸 잔디는 원더시티의 운영진이 됐다.
 한 나라에서 가장 잘 나가는 대기업 임원이 됐다고 생각하면 된다.
 원더시티 대표가 한사코 거절하는 잔디를 끌어다 앉혔다.
 신분을 비공개로 한 채, 민둥이 42로서 죽을 때 까지 근무를 계속할 수 있게 해 달라는 조건을 걸었는데, 그걸 들어줬다.
 말단 직원이 최고위 자리로 한 방에 승진한 것. 그도 그럴 것이 자기네 사업은 물론, 수천 명의 목숨을 살린 장본인이기 때문이다. 현생에 나라를 구한 영웅이 나타났지만, 잔디가 내건 비밀 유지 조항에 의해 수사기관과 극소수의 원더시티 운영진만 아는 일이 됐다.
 말단 사원이면서 동시에 영웅이고, 회사의 최고 임원이기도 한 잔디. 그야말로 영화 속 주인공 같은 존재가 탄생했다...

*

원더시티 게임 안.
다세대 주택가를 배경으로 두 아바타가 마주 서 있다.

잔디의 상사, 오실장과 민둥이42, 잔디다.

"오늘도 무사히 또 뵙네요? 우리 어머님 진짜 대단한 분이세요~ 내가 인정합니다. 자 그럼, 시간 당 8개를 목표로 하자고요. 처리 대상자하고 노닥거리는 거, 사후 처리를 위한 업무까지 다 하는 거, 좋다 이거에요. 저도 어머님 입장에 서서 똑같이 따라해 봤어요. 여유있게 해도 개당 7분 정도 걸리더라고요. 그러니까 어머님도 충분히 할 수 있어요. 한 시간에 8개. 오케이?"

오실장은 잔디가 임원이라는 사실을 모른다. 잔디를 자르려고 해도 어째 자르지 못하게 되자, 스스로 잔디에게 적응하기 위해 갖은 노력을 하는 중이다. 그럼에도 불구하고, 근로자나 고객 중심이 아닌, 시간당 생산량을 중심으로 생각하는 저 사고방식은 아직까지 못 버렸다. 죽기 전에는 안 변할 모양이다.

오실장은 자신의 기준으로 잔디를 평가하고, 권한을 이용해 내쫓으려 했지만, 잔디는 권력을 손에 넣었다고 당한 대로 보복하지 않았다.

물론 삭제하듯 간단히 치워버리고 마음에 맞는 사람으로 바꾸면 쉽겠지만, 그런 야비한 인간이 되기 싫었다.

잔디는 어렵지만, 변화를 이끌어내기로 결심했다.

오실장을 겪고, 행동을 분석한 내용을 바탕으로 매니저 관리프로그램을 만들어 교육시키고 있다. 물론 오실장의 관점에선 운영진의 공지에 의한 의무 매니저 교육프로그램을 하나 더 이수하는 것일 뿐, 그 주체가 잔디라는 건 아마 꿈에도 모를거다.

 이 과정을 통해 잔디는 변화가 닥칠 경우에만, 그것에 맞춰 적응해 나가는 인간의 모습을 봤다.

 스스로 변하는 인간은 좀처럼 없다. 변화를 원하면, 그 변화를 만들어 갈 수 밖에 없다. 그리고 변화가 닥치면, 모든 인간은 변한다...

 "새로운 원더시티 근로자 권익조항 2조 1항에 보시면요, '근로자가 업무 방식의 변경을 요청할 경우, 매니저는 근로자가 원하는 형태의 근로 방식으로 근로자를 대신하여 1회 업무를 수행해야 한다. 이후, 그 내용을 분석한 결과를 운영진에 보고하고, 추후 결정 사안에 대하여 근로자 측과 적극적이며 수용적인 태도로 협상에 임해야 한다.'고 되어있을 텐데요?"

 이런 종류의 인간일수록 권위에 약하다. 그래서 잔디는 이 인간에게 권위로 포장한 실험을 진행 중이다. 권익조항 2조라는 소리는, 이번이 2번째 시도라는 뜻이다.

 "뭐라고요? 무슨... 어?!..."

 관리자 검색으로 해당 내용을 확인한 오실장이 말을 못잊는다. 아마 1조때의 충격이 되살아난 모양이다. 2달 전 쯤, 처음으로 이 방법을 시도했었다. 내용은 잘 기억이 안나지만, 그때부터 오실장이 달라지기 시작했다.

 "시간당 몇개 하라는 정량적 기준은 없습니다. 민원 업무 하나하나를, 고객의 입장과 원더시티의 가치를 생각하며 정성껏 하시면 됩니다. 원더시티의 가치가 뭐예요?"
"...재미있는 세상이 펼쳐진다."
오실장이 무의식중에 중얼거린다.
"업무 마치신 후 보고서 쓰실 때, 민원을 처리하시면서 무엇이 재미있었는지, 그 재미를 위해서 어떤 실천을 했는지를 상세하게 적으세요. 그게 저의 업무방식 변경 요청 내용입니다. 제가 실장님께 제안 드렸으니까, 오늘은 저 대신 업무를 하시겠네요. 그럼 잘 부탁 드려요~"
멍하게 서 있는 오실장을 뒤로한 채 로그아웃을 실행하는 잔디. '뿅'하고 사라진다.

*

게임 헬멧을 벗는 잔디. 자신의 방이다.
탁상 위 시간은 오전 9시 30분. 오늘 한 나절의 여유가 생겨버렸다.
방을 나서는 잔디. 거실 소파에 게임 헬멧을 쓴 상태의 현수와 수민이 앉아있다. 원더시티 삼매경들이다.
이제 중학생이 된 수민은 홈스쿨링 수업 중이고, 현수는 한창 요리를 배우는 중일 거다.
이정도면 잔디네 세 식구의 일상은 원더시티에서 벌어진다고 해도 과언이 아니다. 1년 전과는 천지개벽 차이.
이제 잔디에게 원더시티는 삶을 풍요롭게 해 주는 곳, 원더풀 시티다.
 콧노래를 흥얼거리며 외출준비를 하는 잔디.
 화장을 하고, 핸드백을 챙겨 집을 나선다.

카페에 들어서는 잔디.
 텅 빈 카페 안. 창가 쪽 첫 번째 자리부터 확인하면...
 또 누가 앉아있다.
 하긴, 저 자리가 이 카페에서 제일 호젓하고, 여유를 만끽할 수 있는 자리니까 이해가 간다. 나에게 좋아보이는건 다른 사람에게도 똑같이 좋을테니까.
 허탈한 기분으로 근처의 빈 자리에 앉는 잔디. 주문한 커피를 받아와서 한 모금 마시는데, 아침부터 누가 싸우는 소리가 들리기 시작한다.
 보면, 자기 자리에 앉은 그 사람. 핸드폰을 향해서 악을 쓰고있다.
 핸드백을 열어 수면안대처럼 생긴 기기를 꺼내는 잔디.
 머리에 둘러 쓰면, 눈과 귀를 덮는 형태로 장착된다.
 마치 다른세상에 온 것처럼, 아무것도 안 보이고 아무 소리도 들리지 않는 상태. 기기 옆쪽을 가볍게 터치하면, 작동을 시작하며 눈앞이 밝아진다.
 기기를 통해 실제와 똑같이, 다 보이는 카페 안 풍경.
 원더시티의 임원이 된 잔디가 신제품 개발실에 부탁해서 제작한, 잔디의 아이디어로 만든 제품. '메타버스 뷰'다.
 안경만큼 휴대가 간편하고, 어디에 있든지 원하는 경치와 원하는 소리를 선택할 수 있도록 도와주는 기기.

손짓으로 자기 자리에 앉은 사람을 누르자, 다시 텅 빈 카페가 된다.
 사운드 창으로 이동해서 소리를 고르는 잔디. 선택을 마치자, 깊은 숲속의 바람결에 흔들리는 나무 소리가 스테레오로 주위에 휘감아들기 시작한다.
 다시 평화로운 시간이 돌아왔다. 내가 쟁취한 평화다.
 앞에 놓인 커피잔을 드는 잔디.
 은은히 퍼지는 커피향을 음미하며 창밖의 경치를 바라본다.

작가의 말

 게임을 사랑합니다.
 때때로 이 소설에 등장하는 게이머들처럼, 게임 속에서 사는 삶을 상상했습니다.
 이 이야기에 등장하는 원더시티는, 근미래에 우리의 삶을 더욱 확장시키고, 더욱 풍요롭게 누리게 해준다는 설정의 몰입형 가상현실 게임입니다.
 2024년을 맞이하는 지금, 게임과 컴퓨터로 할 수 있는 모든 체험에서 한 단계 더 발전한 형태를 그려봤습니다.

 뇌신경에 기기가 연결되어 게임 속 세계에 완전히 몰입한 상태가 된다는 게 원더시티의 설정입니다. 실제로 감각하고 체험하고 기억하는 모든 걸 현실과 똑같이 게임 속에서 할 수 있게 된 겁니다.
 이 게임 세상에 사이버 테러가 발생하는 상황을 사건으로 떠올렸습니다. 게임이 일상인 근미래답게, 게임으로 인하여 갈등을 겪던 한 가족이 주인공으로 등장합니다.
 테러를 일으킨 악당 역시, 게임을 하다가 악의 길로 들어선 인물입니다.
 메타버스 세상에서 펼쳐지는 대 모험극을 상상하며 한명 한명의 인물들을 만들고, 그 인물들을 잘 엮어 이야기를 완성했습니다.

현실에서는 자녀가 게이머일 텐데, 부모가 게임을 하면 이야기가 더욱 흥미로워질 거라고 생각하였습니다. 인물이 어려운 상황에 처할수록, 흥미는 커지니까 말입니다.
 주인공은 게임을 반대하던 어머니이며, 심지어 게임에 갇힙니다. 게임을 탈출하기 위해서는, 다른 두 게이머와 팀플레이를 해야만 합니다. 그녀의 남편과 아들이죠.
 이야기를 만들어가며 흥미진진했던 기억이 새삼 떠오릅니다. 다가올 2029년엔 과연 어떤 게임 세상이 펼쳐질지 문득 궁금해집니다.

2023년 12월
메르시

스위밍풀 SF 장편소설
원더 시티
© 메르시 2024

1판 1쇄　2024년 1월 1일

지은이　메르시
펴낸이　금세혁
디자인　사우르스
제작처　태산 인디고
펴낸곳　스위밍풀

출판등록　제2023-000036호
이메일　amag100@naver.com

ISBN 979-11-983335-9-9 (03810)

* 이 책의 판권은 지은이와 스위밍풀에 있습니다. 이 책 내용의 전부 또는 일부를 재사용하려면 반드시 양측의 서면 동의를 받아야 합니다.